21
श्रेष्ठ कहानियाँ

(छद्मवेश)

पूजाश्री

डायमंड बुक्स

प्रकाशक : डायमंड पॉकेट बुक्स (प्रा.) लि.
X-30 ओखला इंडस्ट्रियल एरिया, फेज-II
नई दिल्ली - 110020
फोन : 011- 40712200
ई-मेल : wecare@diamondbooks.in
वेबसाइट : www.diamondbooks.in
संस्करण : 2026
मुद्रक : रेप्रो (इंडिया)

---

21 Shreshth Kahaniyan
by : Pujashree

दो शब्द

आधुनिक युग में जिन त्रासदियों से आप और हम गुज़र रहे हैं, उन्हीं त्रासदियों ने, इन कहानियों को जन्म दिया।

इनकी भाषा–बोली भी इन कहानियों की परिस्थितियों के अनुसार ही है। यह कहानियाँ जिन पात्रों के साथ गुज़र रही है, और वे सभी पात्र जिस भाषा में हिन्दी बोलते हैं, मैंने उन्हीं की भाषा में वैसा का वैसा ही रखा है।

पूजाश्री
मुंबई

भूमिका

पूजाश्री के गीतों/कविताओं से वर्षो से परिचित हूं। गोष्ठियों, सम्मेलनों में भी उन्हें सुनने का लाभ मिला है। मुंबई के दीर्घ निवासं के बीच उनकी रचनात्मकता फली–फूली और समृद्ध हुई है।

कविताओं के बाद उनके कथासंग्रह का अवलोकन एक सुखद आश्चर्य में डालता है। व्यक्ति के अंदर की रचनात्मक प्रतिभा उसे अन्यान्य विधाओं में लेखन के लिए प्रेरित करती हुई एक दूसरे को संबल भी प्रदान करती रही हैं। बहुधा प्रतिभा, विधा की मोहताज भी नहीं हुआ करती। वह स्वयं को अभिव्यक्त करने के माध्यम तलाश लिया करती है।

पूजाश्री की प्रस्तुत संग्रह की कहानियां इस बात की साक्षी है कि कविताओं की भाति ही उनके गद्य विधा को भी संभाल ले जाने की क्षमता है। वस्तुतः दूसरों के दुःखों, कष्टों को महसूस करने वाला संवेदनंशील ह्रदय ही दैनंदिन जीवन की इन सूक्ष्म अनुभूतियों को अभिव्यक्त कर सकता है। पूजाश्री के पास यह पूंजी प्रभूत है। छोटी–छोटी मार्मिक घटनाएं उन्हें विचलित और उद्विग्न करती है। जीवन के संयोग दुर्योग और विसंगतियों से उनकी कहानियां भरपूर हैं।

प्रायः उनके पात्र नेक और संवेदनशील हैं। संभवतः इसीलिए उन्हें दूसरों की स्वार्थपरता का शिकार भी होना पड़ता है। 'खानाबदोश', 'प्लग निकाल लिया' जैसी कहानियां इसके उदाहरण

है। अर्थात कर्म के साथ–साथ नियति भी जीवन में अपनी भूमिका निभाती है। हम चाहें भी तो उससे बच नहीं सकते हैं।

वस्तुतः प्रत्येक लेखक का लेखन उसके सर्वोत्तम तक पहुंचने की एक कोशिश भर है। मुझे उम्मीद है कि पूजाश्री की ये कहानियां उस प्रयास का पहला सोपान हैं।

अंत में लेखिका को उनके इस कथासंग्रह के लिए हार्दिक शुभेच्छाएं। मुझे पूरा विश्वास है कि पाठकों के बीच में संवेदनशील रचनाएं लोकप्रियता प्राप्त करेंगी।

डॉ. सूर्यबाला

मुंबई

विषय-सूची

1

अल्लाह ईश्वर

लखनऊ का यह मुहल्ला, कामगार–मज़दूरों का है। यहाँ हिन्दू–मुस्लिम, बंगाली, पंजाबी सभी जाति–धर्मों के लोग रहते हैं, लेकिन इस मुहल्ले में कभी भी, किसी भी तरह के जाति–धर्म को लेकर लड़ाई–झगड़े नहीं हुए।

इसी मुहल्ले में मज़ीदभाई और रामअवतार का परिवार भी रहता है तथा इन दोनों के बीच में एक बंगाली कामगार का घर है। यह बंगाली परिवार कलकत्ते से, इनके मुहल्ले में हुई हिन्दू–मुस्लिम मार–काट से बचकर, भागकर यहाँ आ बसा।

बंगाली कामगार के घर के बाहर एक बड़ा–सा कुत्ता बैठा रहता है। इस कुत्ते को इन्होंने पाला नहीं है। यह कुत्ता शायद किसी दूसरे मुहल्ले से भटकता हुआ यहाँ चला आया था।

धीरे–धीरे बंगाली परिवार ने इसे अपना लिया और इसे नाम दिया बंधु।

जब–जब बंगाली परिवार इस कुत्ते को बंधु कहकर पुकारता है, तब–तब ही, कभी मज़ीदभाई गालियाँ देते और कभी रामअवतार 'हट बे साले कुत्ते' कहकर लात मार देता। कुत्ता बेचारा लात खाकर चुपचाप बैठा रहता है। कभी भी किसी को कुछ नहीं कहता। यह बंगाली परिवार अपने गुरू श्रीरामकृष्ण परमहंस के परम् भक्त हैं। वे अपने गुरू के बारे में कुछ छोटी–छोटी घटनाएँ मज़ीदभाई और रामअवतार को सुनाने की कोशिश करते रहते।

लेकिन ये लोग सुनते ही नहीं। हमेशा ही टाल मटोल कर जाते। एक दिन बंगाली बाबू ने अपने गुरू का वाक्या इन दोनों को सुना ही दिया। उन्होनें, उन्हें बताया कि कुत्ते को बंधु क्यों कहते हैं ?

उन्होंने बताया, एक बार हमारे गुरू श्रीरामकृष्ण परमहंस थाली में भोजन रखकर भोजन करने को बैठे ही थे, तभी एक कुत्ते ने उनकी थाली से एक रोटी उठा ली और वह भाग निकला। गुरूजी ने जब ये देखा, वे भी हाथ में घी का कटोरा लिए कुत्ते के पीछे–पीछे भागे। आगे–आगे कुत्ता था और पीछे–पीछे गुरूजी। गुरूजी ने कुत्ते को बड़ी मुश्किल से अपने पास बुलाकर, रोटी में घी डालते हुए कहा, "अरे बंधु, रूखी रोटी खाओगे तो तुम्हारे गले में अटक जायेगी।" ऐसा कहकर उन्होंने उसमें घी डाल दिया। कुछ लोग वहाँ इकट्ठे हो गये और गुरूजी को पागल कहने लगे। लेकिन वही गुरूजी एक दिन परमहंस की उपाधि वाले सिद्ध संत हुए। इसलिए हम कुत्ते को बंधु कहते हैं। मज़ीदभाई और रामअवतार बंगाली बाबू के मुंह से आधी हिन्दी और आधी बंगाली में कहानी सुनकर हँस दिए और अपने–अपने घरों में घुस गये।

एक दिन अचानक इस मुहल्ले में बहुत से लोग चाकू–चॉपर, भाले लिए गली में घुसे चले आ रहे थे। एक, दूसरे को धर्मों के खिलाफ़ भड़का रहे थे। ये शायद दंगा कराने वाले किराये के गुण्डे थे। ये इतनी तेज़ी से आए कि लोग इनका इरादा जान ही नहीं सके। मुस्लिमों ने हिन्दुओं के खिलाफ़ और हिन्दुओं ने मुस्लिमों के खिलाफ़ हथियार उठा लिये। एक तरफ मुसलमानों की भीड़ थी और दूसरी ओर हिन्दुओं की। उस समय बंगाली परिवार अपने गुरू की जयन्ती मनाने को कलकत्ते के पास अपने गाँव गया हुआ था। उनके दरवाज़े पर बस उनका कुत्ता भूखा–प्यासा बैठा था। तीन दिन से उसे खाना–पानी कुछ नहीं मिला था।

मज़ीदभाई और रामअवतार ने अपने परिवार को बचाने के लिए कुछ सलाह–मशवरा किया। हिन्दू औरतों को बुरका पहनाया और

मुस्लिम औरतों को साड़ी। रामअवतार के परिवार को मुसलमानों की ओर जाने को कहा, और अपने परिवार को हिन्दुओं की ओर।

तभी भीड़, ज़ोरदार नारे लगाती हुई, अल्लाह–अकबर कह रही थी, दूसरी ओर हे राम, हे ईश्वर। मज़ीदभाई और रामअवतार घर से बाहर निकलकर एक दूसरे के कपड़े पहनने को तैयार हो रहे थे, तभी भीड़ उनके घरों पर चढ़ आई। भीड़ इतनी तेज़ी में थी कि क्या हुआ, कुछ पता ही नहीं चल रहा था। राम अवतार और मज़ीद का घर पुराना और कमज़ोर–सा था, वह ढह गया और ये दोनों मलबे के नीचे दब गये। बस इनके पैर ही थोड़े बाहर रह गये थे।

भीड़ कब शांत हुई, कुछ पता नहीं। मज़ीदभाई और राम अवतार दर्द से कराह रहे थे। उनका दम घुट रहा था। उसी समय बंधु उधर आया, वह बेचैन –सा इधर–उधर घूमने लगा सूंघता–सूंघता। आखिर में बंधु ने मज़ीदभाई और रामअवतार को पहचान लिया और दोनों के पाँव के कपड़े मुंह से खींच–खींचकर बाहर निकालने की कोशिश करने लगा। कुत्ता इतना भूखा–प्यासा था कि बार–बार गिर पड़ रहा था। फिर भी उसने एक घण्टे में बड़ी मुश्किल से दोनों को मलबे से बाहर खींच लिया। उन दोनों की जान तो बच गई, लेकिन एक बड़ी दीवार का टुकड़ा कुत्ते पर आ गिरा। कुत्ता निढ़ाल होकर गिर पड़ा, उसने दम तोड़ दिया।

मज़ीदभाई और रामअवतार दोनों बंधु–बंधु कहकर रो रहे थे। दोनों ही कह रहे थे हमें बचाने वाले अल्लाह–ईश्वर कोई नहीं, कहाँ है अल्लाह और ईश्वर? हमें तो बंधु ने बचाया – हमें तो बंधु ने बचाया।

❖❖❖

2

बंदिनी

वह अपने चेहरे पे शुरू होती झुर्रियों पर हाथ धर कर सोच रही थी 'हे भगवान् चलो, यह अच्छा ही हुआ, मेरी आखिरी संतान का विवाह हो गया। अब मुझे थोड़ा अपने मन के कार्य करने का समय भी मिलेगा,' तभी दरवाज़े की बेल बजी। उसी से उसकी ध्यान तन्द्रा टूटी। दरवाज़े पर उसका बड़ा बेटा खड़ा था, जो कि पिछले दो वर्षों में उससे न तो मिलने ही आया था, न ही कभी कुशल–क्षेम ही पूछी थी।

'माँ, तुम्हें अभी, इसी समय मेरे साथ चलना है। तुम्हारी बहू दर्द के मारे तड़प रही है। जल्दी करो, मेरे पास समय नहीं है। मेरा बॉस आज विदेश से आने वाला है। इसलिए मेरा ऑफिस में हाजिर होना बहुत जरूरी है। माँ, मेरी नौकरी का सवाल है। जल्दी करो, तुम्हारी बहू को दुबारा बच्चा होने वाला है। तुम दुबारा दादी बनने वाली हो, इस बार शायद तुम्हारा पोता ही पैदा हो।'

रतनदेवी कुछ जवाब दे, उससे पहले ही बेटे ने माँ को जल्दी से अपनी मोटर बाइक पर बिठाया, बिठाया क्या ठूंस लिया। न तो रतनदेवी ने अपने कपड़े ही लिए थे और न ही अपने भगवान की पूजा वगैरह की माला आदि।

रतनदेवी को अपने बेटे का यह व्यवहार ऐसे लग रहा था मानो–कसाई बकरे को हलाल करने ले जाते समय उसका दुःख–दर्द या भूख–प्यास या नेचुरल क्रिया को थोड़े ही देखता है। उसकी दृष्टि तो बस, बकरे को हलाल करने में केन्द्रित होती है।

रतनदेवी को बाइक पर बैठने में बड़ी तकलीफ़ हो रही थी– उसे बहुत ज़ोर से बाथरूम लग रहा था, पर क्या करें। इस उम्र में नेचुरल प्रक्रिया को दबाना भी बड़ा कठिन होता है। वह अपने विचार शून्य बेटे को रास्ते में रुकने के लिए कहने में बड़ी सकपका रही थी। इतने में ही बेटे का घर आ गया।

बेटे ने माँ को बाइक पर से उतारा और शीघ्र चाय बनाने का ऑर्डर कर दिया। रतनदेवी बिचारी भीगी बिल्ली–सी इधर–उधर पेशाबघर ढूँढ़ रही थी। बहू ने कुछ ज़्यादा ही आधुनिक ढंग का टॉयलेट बनवाया था जो कि किसी बड़ी सीनरी के पीछे छुपा हुआ था।

आख़िर रतनदेवी को अपने बेटे से पूछना ही पड़ा कि "भाई तुम्हारा पेशाबघर कहाँ है? मुझे बाथरूम जाना है।"

बेटे ने टॉयलेट का विचित्र ढक्कन खोलते हुए, अपनी माँ को घूरकर देखा और कहने लगा, "ध्यान से बैठना, इसका ढक्कन बड़ा नाजुक है।"

रतनदेवी को लगा जैसे वह किसी झोपड़ी की रहने वाली कोई कामवाली बाई है और किसी राजा के राजमहल में बिना बुलाए घुस आई हैं। इसलिए उसे ताजमहल के तौर–तरीके कहाँ से आएंगे।

रतनदेवी को बड़ा आश्चर्य हो रहा था अपने बेटे के व्यवहार पर। वह तो अपने ज़माने की दसवीं पास महिला है, जो कि सालों तक अध्यापिका रह चुकी है। उसके द्वारा पढ़ाए गए कई बच्चे आज बड़ी–बड़ी पोस्टों पर कार्यरत हैं। पर, उसका बेटा, उसे किस तरह से अपमानित कर रहा है।

इस तरह का व्यवहार तो आजकल कोई कामवाली बाई भी नहीं सहती। वह भी गलत व्यवहार पर शीघ्र काम छोड़ने की धमकी दे देती है। और पूरी पगार भी अधिकार से मांग लेती है। आज तो कामगार लोग भी जागृत हो चुके हैं। रतनदेवी यह सोच ही रही थी, तभी बेटे ने चिंघाड़कर कहा, "चाय बनी कि नहीं?"

मैंने पहले ही कहा था कि मुझे शीघ्र ऑफिस जाना है, मेरा बॉस आने वाला है। पर इन बूढ़े लोगों की यही परेशानी है, पाँच मिनट का काम पच्चीस मिनट में करते हैं। इनको समय की कीमत ही मालूम नहीं है।

रतनदेवी ने शीघ्र चाय का प्याला बेटे के हाथ में थमाया, तभी बहू के चीखने की आवाज़ आई–"अरे माँजी, कहाँ पर हो, यहाँ पर मेरी जान निकली जा रही है और आप हैं कि पहले अपने नहाने–धोने में लगी हैं।"

रतनदेवी को लगा, जैसे वह किसी जेल में आ गई है। उसने अपने बेटे के सजे–संवरे फ्लैट को आँख उठाकर भी नहीं देखा। उसे तो बस अपना ही घर याद आ रहा था। जहाँ वह चैन से बैठ सकती है। अपने हिसाब से अपने नित–कर्म कर सकती है।

बहू को बच्चा हुआ। उत्सव हुआ, किन्तु रतनदेवी की मन की उमंग जैसे बुझ गई थी। वह हर दिन, दिन गिनती थी, कि कब बच्चा एक माह पूरा करें और वह इस जेल से आज़ाद हो। तभी उसका मन किसी गहरे सोच में पड़ गया और वह उदास हो उठी। यदि उसके पति ने उसके लिए एक छोटा–सा फ्लैट नहीं छोड़ा होता, तो, आज उसकी क्या दशा होती, यह सोचकर उसकी आँखें भर आई।

एक महीना बिताकर रतनदेवी अपने घर लौटी। उसे लग रहा था जैसे वह इतनी थक गई है कि यह थकान कभी नहीं उतरेगी।

दो–चार दिन वह घर में निढ़ाल–सी पड़ी रही। फिर धीरे–धीरे अपने घर की सफाई व अपने सांवरिया की पूजा–भक्ति में लग गई।

रतनदेवी का खर्च उसके पति की पेंशन से चलता हैं, और मन बहलाने के लिए वह आज भी अपने मोहल्ले के गरीब बच्चों को बिना कोई फीस लिए पढ़ाती रहती है।

रतनदेवी की बहुत दिनों से यह इच्छा प्रबल हो रही थी कि वह सामने की चाली वाली अनपढ़ महिलाओं को पढ़ाने के लिए

अपने घर पर ही क्लास खोलेगी। पर यह रिश्ते–नाते, कभी चैन लेने दें तब ना। किन्तु इस बार उसने पक्का निश्चय किया कि अब वह स्वार्थी परिवार–जनों की सेवा से हटकर भी कुछ करेगी। वह अचानक उठी और उसने बक्से से कुछ चिट्ठियाँ निकाली और उन्हें पढ़ते हुए भाव–विभोर हो उठी। उनकी यादों में खोई हुई वह पलंग पर आराम से लेट गई। तभी दरवाज़े पर ज़ोर से धक्का लगा, जैसे कोई दरवाज़ा पीट रहा हो। शायद लाइट गई हुई थी, इसलिए बेल नहीं बजी होगी।

रतनदेवी ने लेटे–लेटे ही कहा, "अरे भाई, दरवाज़ा खुला है। अंदर आ जाओ, मिश्रा जी की चाबी मेरे पास ही है, ले लो। कारण कि उनके पड़ोसी मिश्रा जी के फ्लैट की चाबी ज़्यादातर रतनदेवी के पास ही रहती थी। मिश्रा जी तो सुबह निकलते थे, सो रात के दस बजे तक ही घर आते थे।

उनके परिवारजन लखनऊ में रहते थे। पर मिश्रा जी के घर हर दिन ही लखनऊ से कोई न कोई मेहमान मुंबई घूमने के लिए आता ही रहता है। इसलिए मिश्राजी अपनी चाबी अपनी माँ समान रतनदेवी के पास ही छोड़ देते हैं।

एक बार दरवाज़े पर फिर ज़ोर की थाप पड़ी। रतनदेवी उठे, उससे पहले ही उनकी अपने बेटी सुनंदा, अपने दो बच्चों के साथ बड़बड़ाती हुई घर में घुसी चली आई। माँ, कम सुनने लगी हो क्या? कब से दरवाज़ा ठोक रही हूँ। मैं अब यहीं रहूंगी।

'तुम्हारे जवाई का व्यवहार असहनीय हो गया है, अब उनके साथ गुजारा करना मेरे लिए बर्दाश्त के बाहर है।'

रतनदेवी को लगा जैसे वह कई जंजीरों में एक साथ जकड़ दी गई है और अब उनसे छूटना असंभव है। यह तो मृत्यु–दंड से भी दुश्कर है। वह कभी जीते–जी मुक्त नहीं हो सकती। वह तो इन रिश्ते–नातों की कैदी है, बंदिनी है।

❖❖❖

3

विसर्जन

पिंकी की मम्मी तुम जुहू बीच जाने वाली हो क्या? ''नहीं सीमा, कुछ काम है क्या?''

''हाँ, आप जातीं तो मेरा नवरात्रि का पूजापा विसर्जित करवाना था। आप अक्सर ही बच्चों को घुमाने जाया करती हो ना।''

''सीमा, पहले कहती तो अच्छा होता, मैंने कल ही अपने ड्राइवर के साथ पूजापा विसर्जित करवाया है।''

पिंकी की मम्मी के बंगले के सामने पुरानी वाली बिल्डिंग के ग्राउण्ड फ्लोर में सीमा अपने परिवार के साथ रहती है। सीमा मध्यम श्रेणी परिवार की महिला है। पिंकी की मम्मी जब भी बंगले से निकलती है, अक्सर ही सीमा और उसका आमना–सामना हो जाता है।

पिंकी की मम्मी अच्छे स्वभाव वाली सरल महिला है। उसे अपने धनवान होने का ज़रा भी घमण्ड नहीं है। जब कभी भी उसके बंगले पर मेहमान आते हैं, वह सीमा को मदद करने के लिए बुला लेती है। इस बहाने सीमा की थोड़ी आर्थिक मदद भी हो जाती है और अपनापन भी बना रहता है।

सीमा का एक ही बेटा है। वह स्कूल में पढ़ता है, इसलिए दुपहरी में वह खाली ही रहती है, तो पिंकी की मम्मी की सहायता करने के लिए आगे होकर भी पिंकी की मम्मी को पूछने चली जाती है।

सीमा का पति अपनी आधी तनख्वाह तो अपने ऊपर ही खर्च कर देता है। घर पर वह बस आधी पगार ही देता है। सीमा जैसे–तैसे अपना घर चलाती है। मध्यम श्रेणी की भारतीय नारी की तरह सीमा भी पूजा–पाठ के प्रति गहरी श्रद्धा रखती है। अपने पति व पुत्र की दीर्घायु के लिए कोई न कोई उपवास या व्रत करती ही रहती है।

सीमा ने सोचा ये पूजापा अपने पति को ही दे ताकि वह इसे आते–जाते विसर्जित कर देगा। सीमा का पति सरकारी बस का एक ड्राइवर है। फिर सीमा ने सोचा, पिछले साल भी उसने पति को ही पूजापा दिया था और वह उसे विसर्जित करना ही भूल गया था। तब से आज तक वह बीमार ही रहता है।

पिछले साल से ही उसका पति ज़्यादा शराब पीने लगा है। सीमा के मन में संशय ने डेरा डाल दिया। पूजा–पाठ करी हुई सामग्री का अपमान करना अच्छी बात नहीं। आज तो बुधवार है, कल गुरूवार को मैं ही जाकर यह पूजापा समुद्र में विसर्जित कर आऊँगी। उसे याद आया कि उसके बेटे के स्कूल के शूज भी फट गये हैं, वह भी नये ले आएगी।

सीमा के पास केवल 110 रुपये थे। उसने सोचा, बस से चली जाऊँगी और आते समय जूते भी ले आऊँगी। जल्दी–जल्दी में उससे दो बसें छूट गई। विवश होकर उसको रिक्शा ही करना पड़ा, क्योंकि उसे वापस जल्दी आना था क्योंकि उसके बेटे का स्कूल से आने का टाइम हो गया था। उसे कौन देखेगा?

पिछले छः महीने से सीमा रिक्शे में बैठी ही नहीं थी। रिक्शे का किराया तीस रुपये देकर उसे थोड़ा दुःख था। उसे जाने की जल्दी जो थी।

उसने जैसे ही समुद्र में पूजापा डालने को हाथ बढ़ाया, तभी वहाँ खड़े कुछ लड़के चिल्लाने लगे–ऐ सुनो, समुद्र में मत डालना। तुम्हें मालूम नहीं कि कचरा समुद्र में डालना मना है? कचरा कहने पर सीमा को बड़ा गुस्सा आया। वह उन लड़कों से

उलझ पड़ी, "ये कचरा नहीं, पूजापा है। हम तो बचपन से ही पूजापा समुद्र में ही विसर्जित करते आए हैं।"

लड़के ने लौटकर ज़वाब दिया, "बचपन से चोरी करते आए हैं, तो क्या अब भी चोरी करते रहोगे क्या?

सीमा ने कहा, " यह तो बड़ी हटधर्मी है, मान ना मान, मैं तेरा मेहमान। इनकी भाषा तो देखो।" उसे और भी क्रोध आने लगा और वो ज़बरदस्ती पूजापा समुद्र में डालने को बढ़ी। लड़कों ने हाथापाई की, तभी भीड़ इकट्ठी हो गई।

"बहन जी, आप बेकार में बहस कर रही हैं, आजकल समुद्र में पूजापा डालना मना है। समुद्र में गंदगी बढ़ती है और ये पूजापा वापस लौटकर किनारे भी गंदा करता है। इसलिए समुद्र की सुरक्षा के लिए कानून बन गया है। आपको इतनी जानकारी तो होनी चाहिए। आप इसे पानी से छुआकर वापस ले जाइए।"

भीड़ देखकर, उनकी बातें सुनकर सीमा थोड़ा घबरा गई। वह तो दो साल से समुद्र पर आई ही नहीं, इस वर्ष भी ये लोग उसे पूजापा ठण्डा नहीं करने दे रहे हैं। अब जाने कौन–सा अहित होने वाला है। इसी घबराहट में सीमा के हाथ से पैसों का रूमाल जाने कहाँ गिर गया।

चौपाटी पर तो ऐसे छुट्भइये, चोर–उचक्के खड़े ही रहते हैं। जैसा मौका मिलता है, वैसे हाथ साफ कर देते हैं। सीमा चिंता में पड़ गई, अब घर कैसे लौटेगी, उसके बेटे का क्या होगा, उसकी स्कूल बस तो अब आने ही वाली होगी। उसके पास तो अब फोन करने को भी दो रुपये नहीं है।

सीमा डरी–डरी सी इधर–उधर चौपाटी पर घूमने लगी। तभी दो आदमी उसके पास से निकले, "हमारे साथ चलती है क्या? सौ रुपये देंगे।" सीमा का दिल धक से बैठ गया। वह तो मुंबई में ही जन्मी है, इतनी बड़ी हुई है, पर कभी भी उसने ऐसा तो नहीं

देखा–सुना। ये लोग क्या किसी भी औरत को बाज़ारू समझ सकते हैं क्या? सीमा के दुःख का कोई अंत नहीं था। वह तो सोच ही नहीं पा रही थी। क्या करे, कैसे करे, उसके मन में आया कि इस चाट वाले से दो रुपये उधार लेकर पिंकी की मम्मी को एक फोन करें, उसका पति तो जाने बस लेकर किस एरिये में होगा। लेकिन सीमा अब बेहद डर गई। इस चाट वाले ने अगर देने से इंकार कर दिया तो– वह क्या करेगी? उसने हाथों की चूड़ियाँ टटोली, लेकिन वह तो नकली बैनटैक्स यानी पीतल की थी। उसने देखा उसके रूमाल के साथ किसी ने उसके पूजापा की थैली भी खींच ली। अब वह क्या करें? उसे अपने मंगलसूत्र का ध्यान आया, "नहीं–नहीं, ये तो सुहाग की निशानी है। इसे कैसे उतारूँ?" सीमा के दिल में यह बात बुरी तरह बैठ गई कि अब उनका कोई न कोई अहित होने वाला ही है। घबराहट में उसने अपना मंगलसूत्र निकाला और चाट वाले को देकर कहा, "भैयाजी, मेरे पैसे चोरी हो गये हैं और मुझे घर जल्दी जाना है, मेरा बेटा छोटा है, उसकी स्कूल बस आने वाली है। भैया, आप मुझे पचास रुपये उधार दे दीजिए।" चाटवाले ने उसे घूरकर देखा, तभी सीमा ने अपना हाथ आगे बढ़ाया और अपना मंगलसूत्र देते हुए वह बोली, "ये सोने का है, ये आपके पास रखकर जाती हूँ। कल तक आप मेरा मंगलसूत्र रख लें, मैं कल आपके पैसे दे जाऊँगी और अपना मंगलसूत्र ले जाऊँगी।"

सीमा रिक्शा लेकर जल्दी–जल्दी घर पहुँची। ईश्वर की कृपा से उसके बेटे की स्कूल बस अभी–अभी आई है। दिल को मानो थोड़ी राहत मिली। किन्तु इतने समय में उसने जो कुछ जाना, उसे लगा कि अब दुनिया सचमुच पाताल में धंसने वाली है।

दूसरे दिन वह अपने पति को साथ लेकर चाट वाले से अपना मंगलसूत्र वापस लेने चौपाटी पर आई। चाटवाले ने सीमा को पहचानने से इंकार कर दिया। बहुत ही हुज्जत हुई, पर कौन सुने।

सीमा को लगा, मेरा पति अभी मारपीट करना शुरू ना कर दे, नहीं तो कोई और नई मुसीबत आ जाएगी। वह अपने पति को समझाकर वापस ले आई। किन्तु उसके दिल में यह बात बैठ गई कि अब सबकुछ बदल गया है, पहले जैसा कुछ नहीं रहा। उसका सुहाग चिन्ह मंगलसूत्र तथा उसके बेटे के शूज के पैसे सभी विसर्जित हो चुके थे। उसके मन में कई आशंकायें घिर आई थी। वह दुःखी मन से अपने घर लौट आयी। लेकिन उसके मन से मानो जैसे श्रद्धा ही विसर्जित हो चुकी थी।

❖❖❖

4

दरिन्दे

मुंबई में ग्रान्ट रोड के एक लॉज के बाहर भीड़ लगी हुई है। भीड़ में तमाशबीन ज़्यादा थे। सभी एक–दूसरे से पूछ रहे थे, अरे भाई, क्या हुआ? मुंबई में तो ऐसे हादसे होते ही रहते हैं। अरे मुंबई क्या सभी शहरों में जहाँ जनसंख्या ज़्यादा है वहाँ की समस्याएँ भी उतनी ही हैं। एक लड़के ने दूसरे लड़के को पूछा, शायद कोई लड़की भगाकर लाया होगा। मालूम नहीं यार, एक लड़की, दरिन्दे–दरिन्दे कहकर चिल्ला रही है और अपने कपड़े फाड़ रही है। मेरी बस छूट जायेगी, तू ही देख ले यार।

मुंबई जैसे शहर में यहाँ किसी को किसी भी घटना को देखने के लिए भी समय नहीं है। लेकिन ज़रा भी ट्रैफिक रूक जाए तब जाने कहाँ से इतनी भीड़ इकट्ठा हो जाती है, जैसे भीड़ का जंगल हो। यहाँ तो किसी की साइकिल किसी के रिक्शे से टकरा जाए तो लोग इकट्ठे हो जाते हैं। किंतु किसी को मुश्किल में देखकर दूर से ही भाग जाते हैं, मानो वो मुसीबत उन पर न आ जाये।

खैर इस भीड़ में जो दरिन्दे–दरिन्दे कहकर चिल्ला रही है, वो एक विवाहित युवती है। अभी पिछले वर्ष ही उसका विवाह रामटेक के साथ हुआ है। रामटेक इलाहाबाद के पास एक छोटे से गाँव का रहने वाला है। काम की तलाश में मुंबई आ गया। साल भर एड़ियाँ रगड़ने के बाद उसे एक ऑफिस के साहब की गाड़ी चलाने का काम मिल गया। रामटेक अपने गाँव में अपने एक दोस्त

का ट्रक चला–चलाकर ड्राइविंग सीख गया था। वही सीखा हुआ ज्ञान आज उसके काम आ गया। उसका मालिक उसे गाँव जाने की इजाजत नहीं देता। विवाहित होते हुए भी वह बस एक बार ही गाँव गया।

इस बार उसकी पत्नी जमुना, ज़िद करके मुंबई आ गई। जमुना आठवीं तक पढ़ी–लिखी है, हिन्दी अच्छी तरह से लिख–बोल सकती है। उसने रामटेक को फोन पर बताया कि वह फलाँ ट्रेन में, फलाँ सीट नम्बर पर रिजर्वेश्न करवाकर मुंबई आ रही है। रामटेक हैरान हो गया, वह भागा–भागा मुंबई सेन्ट्रल गया और गाड़ी के बारे में सारी जानकारी लेकर आया और ग्रान्ट रोड की एक छोटी–सी लॉज में उसने एक कमरा बुक कराया।

जमुना के मन में मुंबई के लिए किसी इन्द्रपुरी जैसी सुंदर कल्पनाएँ थी, क्योंकि रामटेक ने उसे मुंबई के बारे में जो कुछ बताया, जमुना उसी तरह कल्पनाएँ कर लेती थी। रामटेक अपनी पत्नी को लॉज में ठहराकर पास के एक भोजनालय से डब्बे का इंतज़ाम कर आया और खाने का टिफिन जमुना को देकर कमरे से कहीं भी बाहर न जाने की हिदायत देकर वह अपनी नौकरी के लिए चला गया।

एक–दो दिन जमुना ने जैसे–तैसे काटे, रामटेक ने जमुना को कुछ हिन्दी की पत्रिकाएँ पढ़ने के लिए लाकर दे दी। जमुना दिन–भर पुस्तकें पढ़ती–पढ़ती थक जाने पर खिड़की के पास आकर, बाहर का नज़ारा देखती रहती थी। रामटेक रात के आठ बजे आकर उसे कभी–कभी घुमा भी ले आता था। एक दिन फिल्म भी दिखा लाया।

आज रात के ग्यारह बज चुके हैं, फिर भी रामटेक अभी तक नहीं आया। जमुना चिंता के मारे दुःखी हो रही है, वह किससे पूछे, कमरे से बाहर निकलना तो उसे मना है। परेशानी के मारे वह सो भी नहीं सकती, किससे बात करे? बस खिड़की से झांकने का एकमात्र सहारा है उसे। वह खिड़की के पास खड़ी

होकर सोच रही थी कि यदि उसका गाँव होता तो वह रामटेक को, वह भी ढूँढ़ लाती। पर मुंबई, इसी उलझन में उसका ध्यान सड़क के दूसरी ओर गया। एक औरत की दर्दनाक चीख उसको बेचैन करने लगी। उस औरत की दुःखभरी आवाज़ में इतना दर्द था कि जमुना कमरे में इधर–उधर बेचैनी से घूमने लगी। बार–बार खिड़की पर जाती, तभी उसने देखा, दो लोगों ने एक औरत को घेर रखा है। एक ने औरत के हाथ पकड़ रखे हैं, दूसरा उसको नोच रहा है। तभी वहाँ पुलिस का सायरन बजा, पुलिसवाला गाड़ी से नीचे उतरा, और उसने उन दो युवकों के साथ उस औरत को पास की गली में इस तरह घसीटा मानो वह कोई पत्थर हो या रेत की बोरी हो। थोड़ी देर में उस औरत की और भी दर्दनाक चीखें आने लगी। जमुना का कलेजा मुंह को आने लगा। उसके शरीर में मानो हजारों बिच्छुओं ने डंक मार दिये। खिड़की के नीचे दो लोग आपस में बात कर रहे थे। "अरे यार, ये तो रोज़ाना का किस्सा है, वह पगली औरत, न तो यहाँ से कहीं जाती है और ना ही मरती है।

ये बात सुनकर जमुना को इन लोगों से ऐसे घृणा हो गई, मानो किसी नर्क को देख लिया हो। "इंसानियत क्या बड़े शहर में किसी नाले में बह गई है।"

रामटेक रात के दो बजे आया। वह बहुत थका हुआ था। बिस्तर पर पड़ते ही उसे नींद आ गई। लेकिन जमुना पूरी रात नहीं सो सकी। सवेरे चाय वाले ने आकर उठाया, शायद उसी समय जमुना की आँख लग गई थी। रामटेक जल्दी–जल्दी चाय पीकर बिना नित–नियम करे ही अपनी ड्यूटी पर जाने लगा।

जमुना उसे रात की बात बताने के लिए परेशान थी, लेकिन रामटेक ने कहा, मेरी गाड़ी का कल एक्सीडेंट हो गया था, इसी उलझन में रात के दो बज गये। अभी मेरे मालिक मेरा इंतज़ार कर रहे होंगे। मुझे वह गाड़ी भी वहाँ से उठानी है। आज समय नहीं है, हम कल बात करेंगे। जमुना का मन इतना उदास था कि उसने

न तो स्नान किया ना ही खाने के डिब्बे को हाथ लगाया, वह दिन भर बिस्तर पर बीमार–सी पड़ी रहीं।

आज फिर रामटेक रात के बारह बजे तक नहीं आया। जमुना थकी हुई–सी खिड़की पर आ खड़ी हुई। खड़े–खड़े उसके पैर सुन्न होने लगे, आँखें पथराने लगी। बेकार ही मुंबई आई, मन में सोची, वह अपने गाँव में ही अच्छी भली थी। तभी उसका ध्यान उस पागल औरत की दर्द भरी चीखों ने खींचा। जमुना सोचने लगी कि मुंबई में क्या सभी लोग अंधे और बहरे हैं? या फिर ऐसे ही चरित्र के हैं ? कि किसी की चीख पर भी सहायता नहीं करते। तभी उसने देखा कि एक पुलिसवाला उस औरत को डण्डों से पीटता हुआ पुलिस की गाड़ी में उठाकर पटक रहा है। "ये पुलिसवाले लोगों के रक्षण के लिए हैं या उनके भक्षण के लिए।" (सोचते–सोचते वह अचानक अपने कपड़े खींचती हुई, कमरे से नीचे फुटपाथ पर आ गई।) बेसुध–सी चिल्लाने लगी। सभी दरिन्दे हैं, सभी दरिन्दे हैं। अरे ओ पुलिसवाले ज़रा मुझको हाथ लगाके दिखा, इस पगली औरत को क्या घसीट रहा है। जमुना अपने आपे में नहीं थी। उसके मन–मस्तिष्क को गहरा सदमा लगा था। वह किसी के काबू में नहीं आ रही थी। लॉज के मालिक ने रामटेक की कम्पनी पर फोन लगाया, किन्तु कोई फोन ही नहीं उठा रहा था। क्योंकि रामटेक के मालिक की गाड़ी आज ठाणे में ही फिर से खराब हो गई थी। पर रामटेक गैरेज में गाड़ी को ठीक कराने के लिए अटका हुआ था। उसका मालिक तो टैक्सी करके घर चला गया। रामटेक क्या करे? रामटेक ने सोचा, जमुना शायद प्रतीक्षा करके, खाना–वाना खाके सो गई होगी। फिर भी रामटेक ने लॉज में फोन किया, किंतु फोन कोई उठा ही नहीं रहा था। सभी भीड़ लगाके जमुना के चारों ओर फुटपाथ पर खड़े थे। रामटेक की गाड़ी चार बजे ठीक हुई। उसने मालिक के यहाँ गाड़ी छोड़ी, वह भागता हुआ आया। जब उसने देखा, लॉज के बाहर इतनी भीड़ है, तो थोड़ा उसके दिल में घबराहट हुई। वह

लॉज में अपने कमरे की ओर बढ़ा, तो देखा, कमरा खुला है और जमुना अंदर नहीं है। वह बदहवास–सा नीचे की ओर भागा। भीड़ को चीरकर जैसे तैसे भीड़ में घुसा। उसने देखा, जमुना चीख रही है, "ऐ पुलिसवाले ज़रा मुझे हाथ लगाकर दिखा। इस पगली पर क्या डण्डे मार रहा है। तू क्या गिद्द रहा है, जो माँस नोच रहा है। इधर आ, मैं बताती हूँ तुझे।" और जमुना बचे–खुचे कपड़े भी फाड़ने लगी, यह देखके रामटेक को काटो तो खून नहीं। उसने अपनी पत्नी की बात कल ध्यान से सुन ली होती, तो शायद ऐसा नहीं होता। उसे लगा वह भी आज दरिन्दा है।

❖❖❖

5

प्लग निकाल लिया

सुधा को थोड़ी–सी घबराहट रहती है, वैसे वह पूरी तरह से स्वस्थ है। कामेश भी एक प्राइवेट कम्पनी में नौकरी करने लगा है। बस घर का खर्च निकल जाता है। पिछले पाँच वर्षों से कामेश किसी सरकारी दफ्तार में काम करता है। कामेश अच्छा पढ़ा–लिखा है। अपने काम के प्रति बहुत इमानदार भी है। किन्तु पिछले साल उसी के दफ्तर के बड़े ऑफिसर की पोल खोलने पर उस ऑफिसर ने कामेश पर कई झूठे इल्ज़ाम लगवाकर उसे कानून के शिकंजे में फंसा दिया।

उधर कामेश की छोटी बहन जिसकी शादी हुए साल भर ही हुआ है। वह भी कामेश के पास ही रहती है। उसका नाम रीटा है। रीटा का पति विशेष ट्रेनिंग के लिए तीन साल के लिए विदेश गया है।

सुधा ने अपने जेवर बेचकर, कामेश ने बैंक लोन लेकर अपनी एक मात्र छोटी बहन की शादी अच्छी तरह करने में ज़रा सी कसर नहीं रखी। रीटा का पति भी अपने माँ–बाप का इकलौता बेटा है और उसके माता–पिता धनवान भी बहुत हैं। किन्तु रीटा से उसने प्रेम विवाह किया।

सुधा व कामेश ने अपनी तीन साल की बेटी पिंकी और पाँच साल के मनु के भविष्य की परवाह न करते हुए अपनी ननद का विवाह पूरे सम्मान व दिल से सम्पन्न किया। सुधा बहुत ही सरल

स्वभाव की है। दूसरे के दुःख–दर्द, मजबूरी को गहराई से समझने की दूर–दृष्टि रखती है। सुधा भी उद्योगपति की बेटी है। लेकिन उसने भी कामेश से प्रेम–विवाह किया है। कामेश ने विवाह के पहले ही बता दिया था कि उसकी आर्थिक परिस्थिति थोड़ी कमज़ोर है और उसके माता–पिता दोनों ही अब इस दुनिया में नहीं है। बस एक मात्र बहन है रीटा। उसकी ज़िम्मेदारी सुधा को उठानी होगी, जब तक कि उसका विवाह न हो जाए। सुधा को लगा कि इसमें क्या बात है? यदि जिम्मेवारी ही न हो तो परिवार का मतलब क्या? वैसे कामेश के माता–पिता माननीय थे, दोनों ही स्वतंत्रता सेनानी थे।

कामेश के ऊपर उसके अफसर ने झूठे आरोप लगाकर कानूनी मुकदमे में फंसा रखा है, उससे कामेश बड़ा परेशान है। आज कामेश को केस लड़ते हुए एक वर्ष बीत गया। सुधा के बचे–खुचे गहने भी बिक गये। लेकिन सुधा ने अपना धीरज नहीं छोड़ा। कुछ जगहों पर सुधा ने अपनी सर्विस के लिए भी आवेदन दिये, किन्तु यह सोच के रह गई कि पिंकी और मनु को कौन संभालेगा, अभी वे बहुत छोटे हैं।

कल रीटा का पति विदेश से अपनी ट्रेनिंग पूरी करके आने वाला है। सुधा अपने नन्दोई की ख़ातिरदारी करने की प्रसन्नता में सारी परेशानियाँ भूलकर घर को ठीक–ठाक करने में लगी है। रीटा ने अचानक सुधा से कहा, "भाभी, मेरी सहेली सुमन के पिता के द्वारा जो बड़ा अस्पताल बनवाया जा रहा है, उसमें बहुत से एयर–कन्डीशन लग रहे हैं। इस बार गर्मी बहुत है। मेरी सहेली ने कहा कि तुम भी एक ए.सी. घर में लगवा लो। यह तुम्हारी शादी के लिए मेरी तरफ से भेंट है। भाभी, मेरी शादी के समय सुमन लंदन में थी, इसलिए वह मेरी शादी में आ न सकी। सुधा ने कुछ सोचे बिना ही अपनी ननद की खुशी के लिए हाँ कर दी। ए.सी. से गर्मी में बड़ी राहत मिली। नन्दोई आये और दो दिन रहकर अपने घर चले गये। सुधा ने कभी भी अपनी परेशानियों के बारे में

अपनी ननद रीटा को मालूम नहीं होने दिया। रीटा के जाने के बाद जब दूसरे दिन कामेश ने ए.सी. ऑन किया तो सुधा ने मना कर दिया। कामेश समझ गया कि सुधा ठीक ही सोच रही है। इस समय हम लोग पाँच सौ भी खर्च करने की स्थिति में नहीं है। लेकिन बच्चों ने सुधा को ए.सी. चलाने के लिए परेशान कर दिया। बच्चे कोई बात सुनने को तैयार ही नहीं थे। इसलिए सुधा ने धीरे से ए.सी. का प्लग ही निकाल लिया।

कामेश का केस बिना कारण ही उलझ गया था। उसके अफसर ने वकीलों को पैसे खिलाकर नये–नये मोड़ देकर केस को उलझा दिया। दो महीनों से सबके बिल भी सिर पर थे। पहले–पहले तो सुधा अपनी माँ से मदद ले लेती थी कामेश को बिना बताये, लेकिन इस बार क्या करे? बिजली का बिल जो आया, उसे देखकर सुधा के होश उड़ गये। बिजली का बिल था सात हजार। उनका तो बिल हमेशा चार सौ–पाँच सौ रुपये आता है, वह बड़ी उलझन में थी। उसके माता–पिता छुट्टियाँ बिताने हिल स्टेशन पर गये हुए थे। गहने उसके पास रहे नहीं थे, बस एक मंगलसूत्र था, एक कान की बाली। इनसे तो सात हजार रुपये नहीं आ सकते।

वह सोचने लगी, उसने तो एक दिन भी ए.सी. का आनन्द नहीं लिया, अपने बच्चों को भी ए.सी. का आनंद नहीं लेने दिया, फिर भी इतना बिल। सुधा इस समय कामेश को भी कुछ नहीं कह सकती, क्योंकि वह पहले से ही मुसीबत में है। वह बेचारी दो दिन से बी.एस.ई. के दफ्तर में चक्कर लगा–लगाकर घूम रही है कि बिल पर कोई सुनवाई हो सके। लेकिन सुधा को सरकारी अफसरों की धांधली देखकर बड़ा दुःख हो रहा था। आखिर उसे ये बात कामेश को बतानी ही पड़ी। कामेश ने ए.सी. निकलवाकर उसे पाँच हज़ार रुपये में बेच दिया।

सुधा को थोड़ी राहत मिली। दो हज़ार रुपये उसने अपने बच्चों की स्कूल फीस के लिए छुपाकर रखे थे। उसने सोचा बच्चों

की फीस भरने के लिए अभी बीस दिन बाकी है, तब तक मेरे माता–पिता आ जाएंगे, मैं कुछ न कुछ कर लूंगी।

सुधा बच्चों को स्कूल बस में बिठाकर बिजली का बिल भरने के लिए स्वयं ही निकल पड़ी। वैसे उसने ऐसा काम कभी नहीं किया। उसके मायके में ऐसा काम नौकर ही किया करते थे। कामेश को वह कह नहीं सकती थी, क्योंकि कामेश की आज कोर्ट की तारीख है। ए.सी. बिक गया, सुधा को ये भी बहुत बुरा लग रहा था, कितना अच्छा होता, वह भी पति और बच्चों के साथ इस भयानक गर्मी में ए.सी. का आनन्द लेती, यही सोचते–सोचती वह रिक्शे में बैठकर बी.एस.ई के दफ्तर के पास आकर उतरी। वहाँ लम्बी कतार देखकर सुधा घबरा गई। थोड़ी देर तो वह लाइन में खड़ी रही। पर आधा घण्टा बीत जाने के बात बच्चों की चिंता सताने लगी। बच्चों की स्कूल बस चार बजे आती है, तीन बजकर बीस मिनट हो गये कतार में खड़े–खड़े। सुधा लाइन से बाहर आ गई। वह खड़ी खड़ी कुछ सोच रही थी। बेचैन–सी, उसने रिक्शे को आवाज़ दी, तभी वहाँ खड़ा चौकीदार और एक लड़का उसके पास आया। चौकीदार ने कहा, "बहन जी, आप बड़ी परेशान लग रही हैं, इस लड़के को आप पचास रुपये दे दीजिए, ये भीतर जाकर आपका बिल भरकर तुरंत वापस आ जाएगा, क्योंकि यह लड़का यहीं काम करता है। बस, ये पचास रुपये इसकी फीस है।

सुधा ने रिक्शे को पाँच मिनट रुकने को कहा, सात हजार रुपये और बिल देकर वह बाहर प्रतीक्षा करने लगी।

दस मिनट तक भी लड़का नहीं आया, तब वह चौकीदार पर चिल्लाई, चौकीदार उसे आश्वासन देकर अंदर लड़के को ढूँढ़ने को गया। रिक्शे वाला सुधा पर बड़बड़ा रहा है, "अरे बाबा, यह समय कमाई का है, आप मेरा टाइम खराब कर रही हैं। आपके लिए अच्छी खासी लम्बी दूर की सवारी छोड़ दी मैंने।" सुधा बेसुध–सी बाहर लड़के और चौकीदार को तलाश रही है। दिमाग में मनु और पिंकी को लाने की चिंता सता रही थी। सुधा दहाड़कर

रो भी नहीं सकती थी। थोड़ी देर के बाद वह बेहोश होकर गिर पड़ी। उसे लग रहा था जैसे किसी ने उसका जीवन प्लग ही निकाल लिया है।

आज सम्पूर्ण मध्यम वर्ग की हालत प्लग निकले लाइट के बल्ब–त्रसी है। भ्रष्टाचार, रिश्वत, धोखाधड़ी, इस कदर व्याप्त है कि कब किसका प्लग कौन निकाल देगा कोई कुछ कह नहीं सकता।

❖❖❖

6

सूखा

वह अपने फ्लैट से लेकर होटल तक कई चक्कर मार कर थक चुकी थी, पर उसे एक माह से कोई ग्राहक नहीं मिला था।

वह जिस फ्लैट में रहती थी, उस का किराया ही 3–4 हजार माहवार था और ऊपर से फोन, बिजली, धोबी, दूध, रसोईखर्च व एक कामवाली बाई की तनख्वाह, कम से कम किसी भी हालत में उसे जीने के लिए 10 हजार रुपए महीना तो चाहिए ही था।

उसने चपरासी से लेकर मैनेजर तक बहुत हाथ पाँव मारे कि कोई उस से शादी कर ले, किंतु हर कोई उसे कालगर्ल ही बनाता चला गया। उसे एहसास ही नहीं हुआ कि वह कब इस 10 हजार के खर्चे के चक्कर में पड़ गई थी। न तो वह कहीं से भाग कर ही आई थी और न ही वह अनपढ़ थी।

उसकी मामूली–सी गलती ने उसे कला से कालगर्ल बना दिया था। माँ के गुज़र जाने के बाद उसके मामा–मामी ने उसे आधी रात को घर से निकाल दिया।

कला अपने एक कालेज के मित्र के पास जा कर रहने लगी,, जो मुंबई में अकेला ही एक छोटे से फ्लैट में रहता था। कुछ दिन तो इस मित्र ने कला को सहारा दिया, फिर धीरे–धीरे शादी का झांसा देकर उसके शरीर से खेलने लगा। एक दिन अचानक अपनी माँ की बीमारी का बहाना कर के वह गाँव भाग गया।

कला फिर फुटपाथ पर अकेली खड़ी थी। 2–4 दिन वह अपनी सोने की चेन बेचकर आफिस–दर–आफिस नौकरी मांगने के लिए भटकती रही। बड़ी मुश्किल से उसे एक आफिस में सेठ की प्राइवेट सेक्रेटरी का काम मिला। हाँ, तनख्वाह तो एकदम कम थी, पर कला ने जीने के लिए इसे डूबते को तिनके का सहारा समझकर काम शुरू कर दिया।

सेठ के मैनेजर ने उसे एक छोटी–सी जगह रहने को भी दे दी। इस तरह कला को थोड़ी राहत मिली।

अचानक कुछ दिनों बाद कला को आफिस से निकाल दिया गया। हुआ यह था कि कला पर इस संस्थान का सेठ भी हाथ साफ करता था और मैनेजर भी। सेठ से भी ज़्यादा चालाक उसका मैनेजर था, जिसकी पारखी नज़रों ने यह जान लिया था कि कला सेठ के नजदीक होती जा रही है और सेठ भी उसका हमदर्द बनने लगा है।

धीरे–धीरे मैनेजर ने कला को परेशान करवाना शुरू कर दिया, यहाँ तक कि आफिस का चपरासी भी उसकी बात अनसुनी करने लगा था।

एक दिन मैनेजर की गलतबयानी पर कला ने उसे डाँट दिया। बस, फिर क्या था, मैनेजर ने हंगामा मचा दिया। तब कला को लगा कि सेठ उसकी सच्चाई पर उसका साथ देगा, किंतु ऐसा कुछ न हुआ। सेठ ने लड़की के मामले से दूर रहना ही ठीक समझा। क्योंकि मैनेजर उसकी पत्नी का रिश्तेदार था और लड़की का मामला उसके घर तक पहुँचे, यह वह नहीं चाहता था। बस, कला को वहाँ से भी निकाल दिया गया।

कला को नौकरी से निकाल देने का किस्सा उसके ऑफिस की इमारत में नीचे एक एजेंसी चलाने वाले शाह को मालूम हुआ। वह कला को आते–जाते कई दिनों से घूर रहा था। एक दो बार कला को भी लगा था कि यह आदमी उसे घूरता रहता है, पर उसने इस बात पर ध्यान नहीं दिया।

कला को तो हैरानी तब हुई जब वह शाह नाम का आदमी ऑफिस छोड़ने के बाद भी उसका पता निकालकर उसके घर तक आ पहुँचा। इन दिनों कला को सिर छिपाने की वह जगह बड़ी मुश्किल से मिली थी तथा वह इस जगह का पता किसी को भी देकर नहीं आई थी, इसलिए शाह को देखकर कला का चेहरा पीला जर्द पड़ गया। उसे लगा कि अब उसके हाथ से यह छत भी निकल जाएगी, इस आदमी के आने से उसकी सहेली पता नहीं उसके बारे में क्या सोचे।

शाह ने कला की परेशानी को भांप लिया था। वह बड़ा मंजा हुआ खिलाड़ी था। वह एजेंसी के बहाने लड़कियों को कालगर्ल बनाने का धंधा ही करता था। लड़कियों की हर किस्म की मजबूरी को पढ़ने में वह बड़ा माहिर था।

शाह ने कला को उसी दिन एक होटल में नौकरी दिलवा दी तथा अपने एक दोस्त का बंद पड़ा छोटा–सा फ्लैट भी रहने के लिए दे दिया। यह काम शाह ने इतनी जल्दी में किया कि कला को कुछ सोचने का समय भी नहीं दिया।

हालात की मारी कला को लगा कि शायद अब उसका खराब वक़्त बदल गया है और शाह के रूप में उस के लिए धरती पर 'भगवान' उतर आए हैं।

कुछ दिनों बाद शाह ने इस फ्लैट के आधार पर कुछ पेपरों पर कला के दस्तख़्त करवाए और कहा, "कलाजी, यह मात्र औपचारिकता है, फ्लैट का मामला ही ऐसा होता है और फिर यह मेरे दोस्त का फ्लैट है। मैं दोस्ती को बहुत बड़ी चीज़ समझता हूँ। हाँ, इस फ्लैट का किराया आपको 3 हजार महीना देना पड़ेगा।"

कला को सदमा–सा लगा, "मैं किस तरह से इसका किराया दे सकूंगी? नहीं–नहीं, मैं किसी के यहाँ पेइंग गेस्ट के रूप में रह लूंगी ताकि मुझे कम किराए में रहने की सुविधा मिल सके।"

"नहीं–नहीं कला जी, आपको किराए की चिंता करने की ज़रूरत नहीं है। मैं होटल मालिक से कह कर आपको 6 हजार रुपए महीना दिलवाऊँगा, अरे भई, मुंबई में रहने की जगह भी भला मिलती है क्या? पगड़ी देनी होती है, किसी की पहचान लानी होती है। खैर, आप जैसी पढ़ी–लिखी सुंदर लड़की होटल के काम की देखभाल अच्छी तरह कर सकती हैं।

"बस आपको इतना ही करना है कि होटल में ठहरने वालों की सुख सुविधा का ध्यान रखना है। यहाँ 2 लड़कियाँ पहले से ही हैं। कलाजी, आप तो बस इतना ही ध्यान रखना कि यह होटल का मामला है, कभी–कभी नाइट ड्यूटी भी करनी पड़ेगी। अगर आप कहीं पेइंग गेस्ट के रूप में रहेंगी तो रात में देरी से आने जाने में बड़ी मुश्किल होगी।"

कला को इन बातों की गहराई का अंदाजा ही नहीं लगा। शाह का बर्ताव उसे बहुत अच्छा लगा। बस, देखते ही देखते वह कला से कालगर्ल बना दी गई, यह चक्रव्यूह इतना गहरा था कि एक बार इसमें फंसने के बाद उससे बाहर आना बहुत मुश्किल था।

पेट की आग पर पानी डालने के लिए कला ने कालगर्ल का जामा क्या पहना, उसका पूरा वजूद ही बस उसी रंग में रंग कर रह गया। वह भी कुछ इस तरह कि वह चाह कर भी इस दलदल से बाहर नहीं निकल सकी।

कला को इस दलदल में फंसे 5 साल बीत गए, उसे 5 हज़ार फ्लैट का किराया देना पड़ता है और 5 हजार दूसरे खर्चों के लिए चाहिए थे।

किंतु पिछले कुछ दिनों से उसे लगने लगा था कि अब उसकी कमाई से खर्चा भी नहीं निकल सकता। कुछ रुपए बैंक में जमा किए थे, वे भी धीरे–धीरे करके 2–3 माह में निकल गए।

पिछले एक माह से उसे कोई ग्राहक नहीं मिला, कला ने नाउम्मीद होकर होटल के एक मामूली बैरे से कहा, "भाई, कोई ग्राहक लाओ, मैं तुम्हें भी कमीशन दूंगी।"

बैरे ने कला को घूरा और कहा, "मैडम, आप कौन–सी दुनिया में रहती है? ग्राहक कहाँ से आएंगे और आपको कौन रुपए देगा? अरे, अब तो कालेज की लड़कियाँ पैसे वालों को आसानी से मिल जाती हैं। कई लड़कियाँ तो सिर्फ डिनर और बीयर–सीयर पीने पिलाने पर ही रात गुजारने आ जाती हैं।"

कला को ऐसे लगा, मानो वह किसी ऐसे सूखे प्रदेश में खड़ी है, जहाँ भयंकर अकाल पड़ा हुआ है और लाशों के ढेर पर गिद्ध मंडरा रहे हैं। किंतु उसकी लाश को गिद्ध भी नहीं छू रहे हैं।

❖❖❖

7

काँदा दादा

मेरी पड़ोसी की कामवाली बाई ने कल अपनी सेठानी से दो काँदे मांग लिये। इस बात को लेकर क्या बवाल हुआ, कि पूछिए नहीं। सेठानी जी, दो काँदे चाहिए। मेरा नवरा काँदे के बिना रोटी खा ही नहीं सकता। शाम को बाजार जाकर काँदे ले आऊँगी और आपको दे दूंगी। ये बात सुनकर सेठानी को और भी क्रोध आया। तुझे मालूम नहीं कि बाज़ार में काँदों का अकाल पड़ा हुआ है। बेचारे बाजपेयी जी की तो कुर्सी ही हिली हुई है। जीवन भर राजनीति में तपस्वी बनकर रहे, बेचारे ने विवाह भी नहीं किया। देश की जनता को ही अपना बाल–बच्चा मानते रहे, पर भाग्य का क्या करे? तभी पड़ोस के फ्लैट से समीरा की मम्मी निकलकर नोंक–झोंक सुनने लगी। ''क्या हुआ सेठानी जी, बाजपेयी जी को क्या हुआ?'' ''अरे होना क्या था, ये अदना–सा काँदा, बेचारे बाजपेयी जी की कुर्सी हिलाने में लगा है। और ये है कि काँदा मांग रही है। दो दिन से मेरा नौकर बेचारा बाज़ार आता जाता है काँदे ढूँढ़ने के लिए, काँदे जाने कहाँ चले गये, कहीं पाताल में धंस गये क्या?

''अरे हाँ सेठानी जी।'' पड़ोसन बोली। बाजपेयी चले गये तो सोनिया गाँधी ही आयेगी। सेठानी बोली, अब भाई, आयेगी तो आयेगी। पर सोनिया गाँधी को अपने देश की भाषा तो आती ही नहीं, देश की संस्कृति कैसे समझेगी? (पूरी बिल्डिंग वाले इस महिला को सेठानी के नाम से बुलाते हैं।) पड़ोसन बोली, अरे

सेठानी जी सोनिया गाँधी हिन्दी में भाषण देती तो है। अरे राजनीति तो वह अपनी सास इंदिरा जी को इतने सालों तक काम करते, लोगों से बातचीत करते, मुश्किल फैसले करते देखा तो है ना। इसलिए सोनिया जी राजनीति बराबर समझती है।

"समीरा की मम्मी, केवल राजनीति समझने से अपना देश कोई भी नहीं चला सकता। जब तक आम जनता की भाषा नहीं आती हो। क्योंकि जब आप जनता की भाषा में बात करते हैं, तब अपनापन बढ़ता है।" आप भी क्या सेठानी जी, सोनिया जी हिन्दी में अच्छी तरह बोलती तो हैं, सब जगह हिन्दी में भाषण देती है। "अरी, भाषण क्या देती, हिन्दी को रोमन में लिखकर चीखती है।" छोड़ो भी सेठानी जी, राजनीति की समस्याएँ नेताओं पर छोड़ो। क्यों छोड़ें? हमारे मन–मस्तिष्क में हमेशा देश की राजनीति ही घुसी रहती है।

सेठानी वैसे तो हमारे देश को ठीक तरह से चलाने वाला अभी कोई भी नेता नहीं। हमारे देश की जनसंख्या को सीमा में लाने का काम कोई भी नेता नहीं कर सकता। नसबंदी कानून अभी सब पर कहाँ लागू हैं? ये कानून मुस्लिमों पर लागू कर नहीं सकते। उन्होंने अपने धर्म का बहाना बना लिया है। कोई भी इस मसले पर ज़बरदस्ती करेंगे तो खून की नदियाँ बह जायेंगी। आने वाले दस वर्षों में जब देश की जनसंख्या चौगुनी हो जाएगी, तब देश का क्या हाल होगा? महंगाई, भ्रष्टाचार देश को और ज्यादा घेर लेंगे। तभी बाई बोली, "अरे सेठानी, दो काँदे देना है तो दे दो, मैं कब से खड़ी हूँ। मेरा नवरा बेचारा भूखा ही चला गया।" बाई, फिर वही बात, काँदे होते तो दे नहीं देती क्या?" हम भी तो बिना काँदों के सब्जी बना रहे हैं। ये पकड़ रुपये, बाज़ार से खरीद के ले जा, मिल जाए तो थोड़े मेरे लिए भी ले आना। ये रुपये मैं तेरी तनख्वाह में से नहीं काटूंगी, अब जा।

तभी दो महिलाएँ लिफ्ट से निकली और सेठानी की ओर बढ़ी, ये कोई निमंत्रण पत्र लेकर आई थी, "मिसेज अग्रवाल, निमंत्रण के

लिए धन्यवाद।" लेकिन इतना तो बताओ, बिना काँदों के पार्टी की चाट या सब्जी कैसे बनवाओगे? हो जाएगा सेठानी जी। नये ढंग के मसाले बनायेंगे। इस बहाने लोगों को नया स्वाद भी खाने को मिलेगा। हाँ, ये बात तो है।

सामने से लता अपने फ्लैट से कहीं जाने को निकली और मधु भी अपने फ्लैट से निकली। उसने लता से पूछा, "लता जी, आपके पास थोड़े काँदे हैं क्या? चार बजे के बाद बाज़ार जा रही हूँ, आपके लिए भी ले आऊँगी।" मधु ने कल ही लता को उसकी बास्केट में काँदे लाते देखा था, बाजार में शायद कल उसे मिल गये होगे। लेकिन लता का मधु से थोड़ा मन–मुटाव चल रहा है। "मधु, तेरा दिमाग खराब हो गया है क्या? इस समय बाज़ार में काँदे है ही नहीं। तू भी फालतू ही चक्कर मारकर आयेगी। मैं कल पूरा सब्जी मार्केट घूमकर आई हूँ।" इतना कहकर लता मुंह बनाकर लिफ्ट से उतर गई। मधु सेठानी से बातें करने को रुक गई। देखो सेठानी जी, कितनी झूठी औरत है। मैंने खुद इसकी बास्केट में काँदे देखे हैं।

मधु और लता का मन–मुटाव बिल्डिंग की एक गेट–टूगेदर पार्टी में लता ने मधु को लोअर मिडल क्लास कहकर उसकी गरीबी पर ताना मारा। तभी से इन दोनों की आपस में नोंक–झोंक चल रही थी। मधु, लता को जवाब देने का कोई न कोई तरीका ढूँढ़ रही थी। क्योंकि लता थोड़ी बद–मिज़ाज है, वह किसी के साथ भी बातचीत करते हुए अपने धनवान होने का दिखावा बहुत करती है। मधु अपने फ्लैट में चली गई। थोड़ी ही देर में उसने बाहर शोर सुना। तभी दरवाज़ा खोलकर बाहर आई। लता अपने सर्वेंट को पीट रही थी। उसी समय सेठानी भी निकलकर आई। "अरे लता, क्या हुआ, इसे क्यों पीट रही हो? सेठानी क्या बताऊँ, ये नौकर इतना गिर सकता है, मैंने स्टोर रूम में कुछ काँदे छिपाकर रखे थे, इसने दो दिन में ही पूरे खा लिए। या किसी को चुपचाप दे दिये होंगे। "माँजी, मैंने कुछ नहीं किया। स्टोर रूम में

तो केवल इनकी बाई ही जाती है। मैं तो कभी गया ही नहीं।" लता को ध्यान आया कि ये लड़का बिल्कुल ठीक कह रहा है। वह तो अंदर जाता ही नहीं है। तभी उसकी बाई आ गई। लता और बाई में घमासान होने लगा। बाई ने दो ज़ोरदार तमाचे लता के मुंह पर मारे, घमण्डी औरत, अपने आपको बड़ी समझती है। एक दूसरे की साड़ियाँ फटने लगी। मधु के दिल में बड़ी ठण्डक पड़ गई। वह मन ही मन धन्यवाद देने लगी, वाह! काँदा दादा! आज इस घमण्डी औरत को तुमने क्या सबक सिखाया।

❖❖❖

8

बेचारा

किशोर एक मेहनती, निष्कपट बलिष्ट शरीर वाला नवयुवक है। क्षत्रियों–सा स्वाभिमानी, बाह्मण–सा सात्विक, किन्तु बनियों–सा चातुर्य, बौधिकता, समय के अनुसार व्यवहार बदलने की कला से वह कोसों दूर हैं।

किशोर ने अपने माता–पिता के खिलाफ़ जाकर बीना से विवाह किया था। बीना किशोर के बलवान शरीर, उसकी सादगी तथा स्वाभिमानी तेवरों पर मर मिटी थी। इस विवाह के कारण बीना ने भी अपने माता–पिता व अपने समाज से बहुत दिनों तक उपेक्षा झेली थी।

किशोर और बीना ने कुछ समय दिल्ली से कहीं दूर जाकर रहने का विचार किया। किशोर का एक मित्र एक संस्थान में अफसर है। किशोर ने उसे पत्र लिखा और मुंबई आने की अपनी इच्छा जाहिर की और वहीं कुछ काम ढूँढ़ने की इच्छा और गुजारिश भी की। किशोर के पास अनुभव के नाम पर एक पी.टी. टीचर के सिवाय कुछ नहीं है। वह ट्रेन्ड पी.टी. टीचर है। मुंबई में कुछ महीनों के संघर्ष के बाद उसे पी.टी. टीचर की ही नौकरी मिल गई। एक साल तक दोनों पति–पत्नी किसी के पेइंग गेस्ट की तरह रहे। फिर कुछ दिनों बाद किशोर और बीना वापस दिल्ली आ गये। कारण था बीना की माँ ने बीना व किशोर के लिए एक छोटा–सा फ्लैट खरीदकर उनको दिल्ली में आकर रहने को कहा। किशोर ने भी दिल्ली में एक छोटे–से उद्योग से अपनी

शुरूआत की। घर खर्च ठीक ठाक चलने लगा। दो वर्ष पश्चात ही बीना ने एक पुत्र को जन्म दिया। अब किशोर के माता–पिता ने भी बीना को अपना लिया था। किन्तु बीना उनके साथ नहीं रहना चाहती थी। किशोर के माता–पिता गरीब थे, उन्होंने भी बहू के ऊपर कोई जोर–जबरदस्ती नहीं की। उनके हिसाब से जहाँ भी रहो, सुखी रहो। कुछ महीनों से किशोर का काम–धंधा थोड़ा मंदा भी चल रहा है और वह एक बच्चे का पिता भी है। यही सोचकर किशोर ने सुबह के समय दो जगह पी.टी. टीचर की नौकरी भी कर ली। किशोर सुबह से रात दस बजे तक व्यस्त रहने लगा। लेकिन वह जितने बजे भी घर में क्यों न आये, पत्नी के घरेलू कामों में भी सहज हाथ बंटाता है।

किशोर का बेटा भी अब पाँच वर्ष का हो गया और वह पढ़ने जायेगा, खर्चा बढ़ेगा। यही सोचकर किशोर हर समय कमाने की फिक्र में लगा रहता है। किन्तु इन सात वर्षों के बाद बीना को किशोर में कई खामियाँ नज़र आने लगी। उसे अपने पड़ोस में नये आए पड़ोसी में ज़्यादा आकर्षण नज़र आने लगा। बातों–बातों में बीना मनोज की दोस्त बन गई। वह मनोज से अक्सर ही अपने घर पर मिलने लगी। उसे अपने पाँच वर्ष के बेटे की देखभाल की चिंता से भी ज्यादा मनोज का इंतज़ार रहने लगा।

एक दिन तो हद ही हो गई। बीना ने मनोज के कहने पर मनोज के दफ्तर में ही नौकरी करना शुरू कर दी। वह अपने बेटे को दिन भर अपनी माँ के यहाँ छोड़ने लगी। माँ भी खुश थी, बेटी कुछ ना कुछ तो कर रही है।

मनोज स्वयं भी शादीशुदा है। उसको भी एक तीन साल की बेटी है। मनोज आज के आधुनिक युग का मंझा हुआ खिलाड़ी है। मनोज अपना काम निकालने के लिए किसी भी समय किसी की भी खुशामद कर सकता है। रिश्वत लेने में माहिर है। अच्छा ड्रेसअप, सेंट–वेंट लगाकर ठाट–वाट से रहता है। घर पर उसकी पत्नी के पास सब वस्तुएँ ठीक–ठाक हो न हो, किन्तु मनोज के

पास ऐशो–आराम की आधुनिक सभी वस्तुएँ उपलब्ध हैं। बीना थोड़ी गोरी–चिट्टी, पढ़ी–लिखी चतुर लड़की है। उसे मौज–मस्ती भरा वातावरण बहुत पसंद है। मनोज जल्दी ही बीना को भाने लगा। उसे मनोज में वे सारी खूबियाँ नज़र आने लगी, जो उसे पसंद है।

किशोर तो घर पर रहता ही नहीं था, वो तीन–तीन जगह काम करता है। रात को जब वो घर आता तो पूरी तरह थक जाता। फिर भी वो बीना के घरेलू कामों में मदद करता है।

कुछ दिनों से किशोर को लगने लगा कि बीना का व्यवहार एकदम बदल गया है। वह बात–बात पर चिड़चिड़ाने लगी। किशोर ने सोचा, बीना शायद नौकरी करने लगी है। थक जाती होगी। इसलिए चिड़चिड़ी हो गई। लेकिन ये तो प्रतिदिन आम बात हो गई। किशोर जब भी बीना के नजदीक जाकर उसको स्पर्श करता, बीना कोई न कोई बहाना बनाकर दूर हट जाती। कभी उसे किशोर के कपड़ों में बदबू आने लगती है, तो कभी किशोर की हड्डियाँ चुभने लगती है।

एक दिन किशोर की माँ ने किशोर को बुलाकर पूछा, ''बेटा, तू बीमार है क्या, बहुत थका हुआ–सा लग रहा है। तेरा चेहरा पूरा मुरझा गया है। हमारे साथ डॉक्टर के पास चल, तुझे दिखाकर आते हैं, तेरा चेहरा क्यों पीला पड़ गया है?''

किशोर माँ को कैसे बतायें कि उसके घर का वातावरण ठीक नहीं है। क्योंकि उसने अपने माता–पिता की इच्छा के खिलाफ़ प्रेम विवाह किया है, किसको दोष दें। एक दिन किशोर को एक महिला बुजुर्ग टीचर ने पूछ लिया, ''किशोर बेटे, बहुत बुझे हुए से लग रहे हो, (यह टीचर किशोर जहाँ पीटी सिखाता है, वहाँ की हेड मास्टरनी है। किशोर को वह अपने बेटे के समान समझती है।) किशोर की आँखें भर आई। वह फूट–फूटकर रो पडा। बहुत पूछने पर उसने बीना के बदले हुए व्यवहार के बारे में बताया।

हेडमास्टरनी रमाजी ने किशोर को नारी स्वभाव के बारे में कुछ हिदायतें दीं। नारी सदा ही अपने से ज़्यादा तेवर वाले, जो नखरे कर सके, जो अधिकार जता सके, अच्छा रहन–सहन और सुगंधित वातावरण बना के रख सके। चाहे वह गरीब ही हो, पर थोड़ा बनावटी भी हो, हर बात पत्नी से न करे। कुछ भेद भी रखे। तभी पत्नी उससे आकर्षित रहती है। नहीं तो पत्नी उसे बेचारा समझने लगती है। उसे ऐसे पति में पति की नहीं, एक बेचारा कमज़ोर बालक दिखने लगता है।

किशोर को अब लगने लगा कि वह बेचारा ही है। जिस बीना ने उससे प्रेम विवाह किया, जो उसके मजबूत शरीर पर कुर्बान थी, जो उसकी सादगी और स्वाभिमानी स्वभाव पर फिदा थी, आज उस किशोर का स्पर्श भी उसे अच्छा नहीं लगता। किशोर का मन बुझ चुका था। उसे लगने लगा था कि पुरुष ही शोषण नहीं करते हैं, नारी भी शोषण करती है पुरुष को बेचारा बनाकर।

❖❖❖

9

टी.वी. टी.बी

"रीटा तुम ये क्या कर रही हो? ये तुम जरी–वाले भारी कपड़े पहने, गैस पर खाना बना रही हो? मदर–इन–लॉ, मैं खाना नहीं बना रही, बस एक आमलेट बना रही हूँ। आज काम वाली बाई छुट्टी पर है, अगर ये मुझे मालूम होता तो मैं घर पर आती ही नहीं। "बहू काम वाली नहीं है तो क्या हुआ, मुझे कह देती, मैं तेरे लिए खाना बना देती। या फिर तू कपड़े बदलकर बना। गैस पर कपड़े लग सकते हैं, इतने महंगे कपड़े हैं, घी–हल्दी के दाग़ लग सकते हैं।" मदर–इन–लॉ, आप तो अण्डों को हाथ लगाती नहीं और इस साड़ी का क्या, ये तो शूटिंग वालों की है, इसमें मेरे डैड का क्या जाता है। मेरी सीरियल की शूटिंग यहीं पास के एक बंगले में चल रही है, इसलिए मैं फ्रैश होने के लिए घर पर आ गई। बाई नहीं आयेगी, ये मालूम होता तो नहीं आती। समता जी को बड़ा विचित्र लगा, अगर साड़ी शूटिंग वालों की है तो क्या हुआ? बिना कारण किसी का नुकसान करना अच्छी बात तो नहीं है। समताजी यही सोच रही थी तभी समताजी की बेटी नरेना आई, ममा, खाना बनाया है क्या? मेरे घर से आज खाने का टिफिन नहीं आया, मैं घर जाऊँगी तो मेरी सास मुझे सौ बातें सुना देगी। शी–इज़–ओल्ड–लेडी। अपने ही ज़माने की बात करती रहती है। हर बात में मुझे टोकती रहती है। बात–बात में एक ही बात कहती है, बहू, इस समय तुम घर पर हो, सीरियल के सेट पर नहीं, और ये तुम क्या कपड़े पहनकर आई हो, बदन दिखता

हुआ गाऊन। "हाँ तो नरेना वह ठीक कहती है।" "ममा, आप भी। मेरे सीरियल के सेट पर नाइट सीन चल रहा था। दूसरे सीन में अभी दो घंटे बाकी है। इसलिए मैंनें गाड़ी उठाई और घर पर चली आई। मुझे उस समय कपड़ों–वपड़ों का कोई ध्यान नहीं था। खाना बना है क्या?" "नहीं बेटी, आज तो हमने खिचड़ी बनाई है। (समता जी का बेटा राकेश लंदन गया हुआ है।) और बहू सीरियल की शूटिंग में बिजी है। इसलिए उन्होंने अपने लिए केवल खिचड़ी बनाई। नरेना, तुम कहो तो मैं जल्दी से गरम परांठा बना देती हूँ।" "छोड़ो ममा, मैं किसी रेस्टोरेंट में जाकर खा लेती हूँ, पर आप इतना पढ़–लिखकर एक उच्च कोटि की लेखिका होकर भी बस खिचड़ी वाली ही रही।"

समताजी को ये बात अच्छी नहीं लगी। उन्हें लगा जब नरेना मुझे ऐसा कह सकती है, तब वह अपनी सास के साथ कैसा व्यवहार करती होगी। नरेना ने भी प्रेम विवाह ही किया था। उसके पति के माता–पिता को ये रिश्ता मंजूर नहीं था। क्योंकि वह बड़े उद्योगपति परिवार वाले हैं। उनको अपनी संस्कृति के विस्तार के लिए बहुत सम्मान से जाना जाता है अर्थात एक सम्मानित उद्योग घराना है। लेकिन अपने बेटे की ज़िद के आगे उनकी एक न चल सकी और उन्होंने नरेना और अपने बेटे को विवाह करने की इज़ाजत दे दी।

नरेना को एक बार पहले भी समताजी ने डाँटा था। जब नरेना ने अपनी सास की बुराई करते हुए उन्हें पुराने ज़माने की रूढ़िवादी औरत कहकर खूसड़ कहा था। आज भी नरेना कुछ ऐसा ही कर रही है। "अरे ममा, आप और मेरी सास दोनों एक जैसी हो। दो दिन पहले मैंने एक कॉमेडी शो में हिस्सा क्या ले लिया, मेरी सास ने घर में हंगामा कर दिया। चिल्लाने लगी, तुमने इतनी वरगल सेक्सी कॉमेडी में पार्ट क्यों लिया। बहू, हमारे यहाँ कुछ कमी है क्या? इस बात को लेकर नरेना ने भी बहुत हाय–तौबा मचाई थी। समताजी को तब भी अच्छा नहीं लगा। समताजी अपनी बेटी के

व्यवहार से दुःखी हैं। समताजी को मालूम है कि नरेना के ससुरालवाले सिनेमा व टीवी के प्रोग्रामों में दिलचस्पी नहीं रखते। उनके ख़ानदान में कभी किसी ने कला के क्षेत्र में कभी कोई काम नहीं किया। हाँ, कई कला व संस्कृति से सम्बंधित संस्थानों को उनके यहाँ से बारी–बारी चंदा जाता रहता है।

मेरी बेटी अपनी सास को रूढ़िवादी कहकर बड़ा मज़ाक उड़ाती है। जबकि उसकी सास ने ही उसको टीवी सीरियल में काम करने की इजाज़त दी है, और बहू की खुशी के लिए उसने अपने पति को भी समझा बुझा लिया।

नरेना की सास ने स्वीकृति देते समय सिर्फ़ इतना ही कहा था देखो बहू, अब तक तो फिल्मों में फिल्माये जाने वाले दुष्चरित्रों से ही परेशान थे, और अब ये टीवी सीरियल, सिनेमा देखने जाएँ या न जायें, पर इन टीवी प्रोग्रामों का क्या करें? ये तो हर पल सिर पर चढ़े रहते हैं। मनोरंजन के नाम पर निहायत ही भोंडापन, बनावटी चरित्र, अजीब कहानियाँ, सिर दुःखाता हुआ संगीत, कला के नाम पर फैशन परेड जैसे वस्त्र आभूषण, एक दूसरे के प्रति षडयंत्र और साज़िशें। आदर–सम्मान से दूर, केवल घृणा फैलाने वाले। चुम्मन भुनाकर प्रसिद्धि पाने के तरीके, गुण्डों से तेवर।

हमारा देश विश्व में सांस्कृतिक दृष्टि से सर्वश्रेष्ठ रहा है। उसे ये आज के लोग विदेशी सभ्यता से जोड़कर केवल वासनामय बना रहे हैं। आने वाले समय में ऐसे सीरियल, सिनेमा देखकर बच्चे पूरी तरह से गुमराह हो जाएंगे तब क्या होगा?

समताजी को यही सब सोचकर बहुत क्रोध आया और उन्होंने सिनेमा व सीरियल के खिलाफ़ एक सशक्त लेख लिख डाला और एक नामी अख़बार में छपने को भेज डाला। जब लेख छपकर आया, तब समताजी के जान–पहचान वालों ने बहुत बधाई दी। समताजी को अपनी जिम्मेदारी निभाने का बड़ा सुख मिला। जब नरेना की सास ने अखबार पढ़ा तो उसे बड़ी खुशी मिली। उन्होंने

नरेना को समताजी की प्रशंसा करते हुए लेख पढ़ने को कहा। "इसमें क्या है मम्मी जी, ऐसे लेख तो मम्मी लिखती ही रहती है। मम्मी को तो सब में कुछ न कुछ बुराई ही दिखती है और आप तो हैं ही रूढ़िवादी।

इस शब्द से नरेना की सास को बड़ा गुस्सा आया। उन्होंने पहली बार नरेना को डाँटा। दोनों की आपस में बहुत बहस हो गई, और नरेना ने घर छोड़ दिया। नरेना अपनी माँ के घर भी नहीं गई, कहीं किराये का रूम लेकर रहने लगी। नरेना के पति ने उसे बहुत समझाया, लेकिन नरेना कुछ भी सुनने को तैयार नहीं थी। आज नरेना के लिए जैसे प्रेम कुछ भी नहीं था, जबकि उसने प्रेम विवाह किया था। नरेना ने अपने वकील से तलाक़ के कागज़ भिजवाये और मुआवजे के तौर पर दो सौ करोड़ रुपये का दावा ठोक दिया। (ये बात समताजी को एक अखबार में छपे बयान से मालूम हुई कि इस उद्योगपति घराने की बहू ने दो सौ करोड़ रुपये का दावा ठोका है।)

समताजी ने अपने बेटे राकेश को लंदन फोन लगाया और शीघ्र लौट आने को कहा। दूसरे दिन समताजी की बहू ने भी सास को आड़े हाथों लिया। "मदर–इन–लॉ, आपको हमारे सीरियल के खिलाफ़ नहीं लिखना चाहिए। मेरा प्रोड्यूसर मुझे सीरियल से निकालने की कोशिश कर रहा है, लेकिन यह सीरियल पूरा मुझ पर डिपेन्ड है, पर उसका क्या, कहानी में हेर–फेर करवाकर मुझे मरवा देगा और निकाल देगा। मदर–इन–लॉ, आपको लिखने के पहले कुछ सोचना तो चाहिए था, मैं बहुत जल्द ही नम्बर वन पर आने वाली थी, मेरी सारी मेहनत खराब कर दी आपने।" बहू ने उसी समय चिल्लाकर राकेश को लंदन फोन लगाया, "तुम इमीडियेटली इण्डिया आओ और अपनी मदर को समझाओ। नहीं तो मैं चली अपने मम्मी पापा के घर।" बेचारा राकेश उसे कुछ समझ में नहीं आया। वह लंदन में अपना काम अधूरा छोड़कर, जो फ्लाइट मिली उसी से चला आया।

राकेश ने अपनी बहन और पत्नी दोनों को बारी–बारी से समझाया, लेकिन दोनों ही मानने को तैयार नहीं। राकेश को भी दोनों का व्यवहार अच्छा नहीं लग रहा था, लेकिन क्या करें, इधर बहन का दबाव, इधर पत्नी का। उसने अपनी माँ को ही कहा, मम्मी आप इनके सीरियल वालों से लिखित में माफी मांग लो।

समताजी ने राकेश को देखा, उन्हें अच्छा नहीं लगा, उन्हें कहा, "मैंने किसी सीरियल का नाम लेकर तो लिखा नहीं है, मैंने जनरल बात कही है। मैं व्यक्तिगत किसी से जाकर क्यों माफी मांगू।"

राकेश अपनी पत्नी व बहन के दबाव में इस कदर आ गया कि उसने अपनी विदुषी माँ, जो कि एक उच्च कोटि की लेखिका है, उनका अनादर करते हुए पत्नी के साथ घर छोड़ दिया।

समताजी को लगा, जैसे देश को टी.वी. की टी.बी. हो गई है और इसका इलाज असंभव है।

❖❖❖

10

छद्मवेश

संतोष अपनी माँ से आज बिना मिले ही चला गया। जब से वह लंदन से आया है, जब भी घर से बाहर जाता है तो माँ निर्मलादेवी को कहकर जाता है। आज बिना बताये ही चला गया, इसलिये निर्मलादेवी ने अपने दोनों नौकरों को बुलाकर पूछा–"अरे रामलाल, बुधराज, संतोष अपने बाबूजी के साथ गया है क्या?"

"नहीं मालकिन, भैयाजी तो अकेले ही गये हैं। मालिक तो अभी–अभी गये हैं।"

"रामलाल, संतोष कुछ कहकर गया है क्या? मैं उस समय स्नानघर में थी, शायद कोई जरूरी काम होगा, इसलिए ही निकल गया होगा।"

"मालकिन," नौकर ने डरते–डरते कहा–"कुछ समय पहले भैयाजी और मालिक में कुछ कहासुनी हो रही थी। भैयाजी गुस्से में जल्दी–जल्दी उतर गये। मैं नाश्ते के लिये पूछता ही रह गया।"

"अरे तूने सुना था क्या, उसके बाबूजी क्या कह रहे थे उसे?"

"मालकिन मैं जब नाश्ते के लिए पूछने को सीढ़ियों पर चढ़ रहा था, तब मैंने इतना ही सुना था, मालिक भैयाजी से कह रहे थे–"इतने बड़े–बड़े लोगों के बीच मेरी इज्ज़त उतार दी। इसलिये भेजा था क्या तुम्हें लंदन पढ़ने? पन्द्रह लाख रुपये खर्च किये हैं।"

निर्मलादेवी का मन बेचैन हो उठा, किसकी क्या इज्जत उतार दी मेरे बेटे ने। संतोष तो बड़ा ही शांत स्वभाव का है और वह जब

से लंदन से लौटकर आया है, मेरा बड़ा ही ख्याल रखता है। मुझे तो चिंता थी कि न जाने लंदन से अपने साथ क्या–क्या नये फैशन लायेगा। यह तो मेरा ही सौभाग्य है कि बेटा, मेरी सोच के विपरीत आदर्श लेकर आया है।

निर्मलादेवी ने अपने पति को ऑफिस में फोन लगाया, पर सेठ जी भीतर कहीं मीटिंग में व्यस्त थे। उनकी सेक्रेट्री ने कहा–माँ जी, साहब मीटिंग में है। आप थोड़ी देर बाद फोन करें।

"नहीं, मुझे अभी बात करनी है। उन्होंने मोबाइल भी बंद कर रखा है।" सेक्रेट्री बेचारी अंदर गयी और उसने निर्मलादेवी के फोन के बारे में उन्हें बताया। सेठ जी ने कहा, मीटिंग खत्म होते ही बात कर लेंगे।

निर्मलादेवी को बहुत बुरा लगा। उसने तो अपने पूरे जीवन में इस तरह से इतनी आतुरता से दो या तीन बार ही बात की होगी, जब क़ोई बहुत ही ज़रूरी हुआ होगा तभी।

निर्मलादेवी संतोष के लिये, उसके मित्रों के यहाँ फोन करने लगी, पर संतोष कहीं नहीं मिला। उसने अपने दोनों नौकरों को उसे ढूँढ़ने के लिए दौड़ाया। अब निर्मलादेवी के मन में कई तरह की आशंकायें उठने लगी।

निर्मलादेवी ने कभी भी अपने पति के कार्यक्रमों में हस्तक्षेप नहीं किया था। सेठजी रात–दिन कई सभा–संस्थानों में मुख्य अतिथि, दानदाता के रूप में बुलाये जाते थे। उनके भाषणों से लोग बड़े प्रभावित होते थे। सेठजी कई नारी संस्थानों के भी सर्वेसर्वा थे। कई लोग उन्हें अनेक उपाधियों से विभूषित करते थे। पिछले दिनों तो एक कार्यक्रम में सेठ अनूपचंद को डॉ. लोहिया तक की उपाधि से नवाजा गया था। निर्मलादेवी स्वयं भी उद्योगपति परिवार की लड़की थीं। उन्होंने कभी भी अपने पति के कार्यों में दखल नहीं दिया था। वह तो बस इतना ही जानती थी कि धनिक लोगों को अपना स्थान समाज में बनाये रखने के लिए विभिन्न

संस्थानों से जुड़ना ही पड़ता है। कई लोग धनिक लोगों से ईर्ष्या भी करते हैं, इसलिए उन पर आक्षेप भी लगाते रहते हैं।

कुछ शुभचिंतकों ने निर्मलादेवी को सेठजी के कई गुप्त संबंधों के बारे में बताया था, पर निर्मलादेवी ने उन बातों पर विशेष ध्यान नहीं दिया। वह तो बस इतना ही मानती रही कि पुरूष कुछ गलतियाँ जरूर करते हैं, पर अपने परिवार का पूरा ख्याल रखते हैं। लेकिन आज निर्मलादेवी को अपनी बेटी विद्या के कहे हुए, कुछ शब्द याद आ रहे थे, जो पिछले साल अपने विवाह से पहले उसने माँ से कहे थे–"माँ, बाबूजी अपने हित के लिये शिक्षित हैं।" बात यह थी कि विद्या अपने पसंद के लड़के से विवाह करना चाहती थी और पिता अनूपचंद अपने पसंद के परिवार के लड़के से विद्या का विवाह करवाना चाहते थे। इसलिए उन्होंने विद्या को कड़ी हिदायत दी थी कि वह अपनी मर्जी से कुछ भी नहीं करेगी।

विद्या कई दिनों तक घर से बाहर ही नहीं निकली। वह उदास अकेली ही पड़ी रहती। निर्मलादेवी बेटी को समझाती रहतीं। विद्या को बस यही बात अखर गयी कि उसके पिता ने एक बार भी अपनी बेटी से, इतना भी पूछने की जरूरत नहीं समझी कि बेटी आखिर क्या चाहती है।

विद्या ने इसी वर्ष एम.ए. किया है। वह बालिग है। उसके पिता सभी आयोजनों में नारी स्वातंत्र्य और समता पर बड़े रोचक भाषण देते हैं तथा उन्हीं विचारों पर वाह–वाही लूटते हैं और अपनी बालिग बेटी से, उसके विचार जानने का उन्होंने प्रयत्न नहीं किया।

विद्या की शादी पिता की मर्जी से हो गयी। जिस लड़के से हुई वह विद्या को ठीक ही लगा था। वैसे भी विद्या का किसी से प्रेम था नहीं। पर निर्मलादेवी को आज अपनी बेटी के कहे हुए उस मुहावरे का अर्थ समझ में आ गया कि –"माँ बाबूजी अपने हित के लिये शिक्षित हैं।" आज निर्मलादेवी इसका अर्थ जानकर बेचैन हो उठी।

संतोष दिन भर नहीं आया। वह रात को भी घर नहीं आया। रात को जब अनूपचंद घर आये तब निर्मलादेवी ने कुशल क्षेम पूछने से पहले ही सवाल किया–"संतोष कहाँ है?" उन्होंने कहा–"अरे भाई यहीं–कहीं होगा।"

"उसको आपने क्यों डाँटा?"

"अरे कपड़े तो उतारने दो। बाद में पूछ लेना। तुम्हारा बेटा क्या दूध पीता बच्चा है। बैठा होगा कहीं मित्र मंडली में या किसी को विवेकानंद के उपदेश सुना रहा होगा।"

"विवेकानंद तो बड़े विद्वान पुरूष थे। उनके बारे में बताना कोई बुरी बात है क्या?"

"बुरी बात तो नहीं है पर आज जब मैंने, अपने देश–विदेश के उद्योपतियों की मीटिंग में उसे उन सबसे परिचय करवाने के लिये बुलवाया, तो हुजूर वहाँ विशुद्ध हिन्दी में बातें करने लगे। और तो और विवेकानंद के शून्य की खोज पर उपदेश देने लगे।

"इतना पैसा लगाकर, विदेश में पढ़ाया। उन विदेशी लोगों के बीच अच्छी अंग्रेजी में बोलने की जगह, बड़े साधारण ढंग से विवेकानंद को हिन्दी में समझाने लगा। सिर, शर्म से झुका दिया मेरा।"

निर्मलादेवी को बड़ा गुस्सा आया, वह पूरे रोष से बोली–"यह तो गौरव की बात है कि मेरा बेटा इतने साल लंदन में रहकर अपने देश के गुणीजनों को नहीं भूला। यह तो श्रेष्ठ विचार हैं, यह कोई अपमान की बात है क्या?"

निर्मलादेवी ने अपने पति से बहस न करते हुए संतोष को इधर–उधर ढूँढ़ने के लिए अपने नौकरों को दौड़ाया और वह भी संतोष को ढूँढ़ने निकली। निर्मलादेवी के मन में अपने पति के बारे में–"खाने के दाँत और दिखाने के और" वाले विचार उठने लगे। उनका मन तड़प उठा। अपने युवा पुत्र को, अपने मित्रों के बीच अपमानित करके उनके पति ने अच्छा नहीं किया। आज निर्मलादेवी को अपने जीवन की कई घटनाएँ याद आने लगीं।

निर्मलादेवी ने, वे सभी बातें अपने पति की नादानियाँ समझकर दिमाग से निकाल दी थीं, पर आज तो हद हो गयी। अपने बेटे के इतने उत्तम विचारों को जानकर उसका माथा चूमना तो दूर, बल्कि बेटे को अपमानित किया।

रामलाल सामने से दौड़ता हुआ आया। "मालकिन, भैयाजी के एक पुराने दोस्त रास्ते में मिल गये, उन्होंने बताया कि संतोष बाबू उनके घर पर हैं और वे अब कभी घर लौटकर नहीं आयेंगे, ऐसा उन्होंने कहा है।"

निर्मला का मन घबराने लगा। वह रामलाल को साथ लेकर बेटे को ढूँढने उसके दोस्त के घर पर गयी, पर संतोष घर पर नहीं था। वह, वहीं बैठकर संतोष की प्रतीक्षा करने लगी।

जब संतोष आया तो निर्मलादेवी ने उसे घर छोड़ने का कारण पूछा। संतोष ने इतना ही कहा–"माँ, मैं अब अपने बल पर कुछ बनकर रहूंगा। मुझे अब सेठ अनूपचंद के पन्द्रह लाख रुपये भी चुकाने हैं, जो उन्होंने मेरी विदेश में पढ़ाई के लिए खर्च किये हैं। माँ आप घर जाइये। मेरी चिंता मत करिये।"

"नहीं बेटे, घर चलो। वहीं रहकर इसका जवाब दो।"

"नहीं माँ। मैं अब बच्चा नहीं हूँ। अगर बाबूजी को मेरा हिन्दी में बातचीत करना इतना बुरा लगा था, तो वे मुझे बाहर आकर समझा देते। मैं कभी भी उनकी किसी मीटिंग में अंग्रेजी में बोल देता। मैंने तो यही सोचकर अपनी भाषा में बात की कि–बाबूजी हमेशा ही हिन्दी दिवस पर बोलते रहे हैं कि "अपनी भाषा को जो लोग नकार देते हैं, उन्हें एक दिन आत्मीयता भी नकार देती है।"

बहन विद्या ने बाबूजी के ऐसे आयोजनों की कटिंग्स मेरे पास लंदन भेजी थी। मैं तो उनकी कही बातों को ही पूरा करने की कोशिश कर रहा था। इसमें इतना खराब लगने का क्या कारण था? उन्हें अपनी झूठी शान इतनी पसंद है, यह मुझे मालूम नहीं था। मैं तो जब लंदन भेजा गया था, तब मात्र तेरह वर्ष का था। बाबूजी की पसंद–नापसंद के बारे में अनभिज्ञ रहा। मैं लंदन में

जिस परिवार से प्रभावित था, उनके यहाँ हमारे भारत के कई महापुरूषों के जीवन पर लिखी पुस्तकें पढ़ी जाती है। उनके यहाँ ही मैंने विवेकानंद के बारे में जाना।

निर्मलादेवी को पति का इंतना अहंकार अच्छा नहीं लगा, निर्मलादेवी ने बेटे को इतना ही कहा कि "बेटे अब, जब तक तुम्हारे पिता तुमसे अपनी भूल के लिये खेद प्रकट न करें, तब तक तुम मत आना। मेरा आशीर्वाद तुम्हारे साथ है। तुम जरूर अपने ज्ञान से बड़े आदमी बनोगे। मैंने तो उनकी जीवन–संगिनी होने की शपथ ली है, सो मुझे तो वापस जाना ही होगा।"

अनूपचंद ने बेटे को मनाने में इतनी देर कर दी, कि संतोष वापस लंदन लौट गया। वहीं उसने सर्विस की। एक भारतीय लड़की से विवाह भी कर लिया।

इधर भारत में निर्मलादेवी अपने बेटे की याद में दिन–प्रतिदिन घुटती रही। उनका मन बुझ गया। अनूपचंद भी यह बात भली भांति जान गये थे, पर भूल तो उनसे हो गयी थी।

आज संतोष का जब लंदन से फोन आया, तो अनूपचंद ने ही उठाया, उन्होंने पहले निर्मलादेवी को ही फोन देना उचित समझा। पिछले दो दिनों से निर्मलादेवी की हालत नाजुक चल रही थी।

"माँ, मैं संतोष बोल रहा हूँ, लो अपनी बहू से बात करो। अब तुम जल्दी ही दादी बनने वाली हो।"

निर्मलादेवी को तो जैसे गहरे तक गम खा गया था। उन्होंने बेटे से इतना ही कहा–"बेटे खुश रहो। मैं बस इतना ही कहना चाहती हूँ कि तुम अपने ही हित के लिये शिक्षित न रहकर अपने परिवार के लिये भी शिक्षित रहना।"

इतना कहकर निर्मलादेवी ने प्राण त्याग दिये।

अनूपचंद अब बहुत पछताते रहते हैं। पर अब पछताने से क्या होने वाला था, वक़्त गुजर चुका था।

❖❖❖

11

आशंका

किसी का फोन आया, मैं अमजद बोल रहा हूँ। नेहा ने फोन उठाया, कौन अमजद? रूपा जी हैं क्या? जी नहीं, क्या बाहर गाँव गई है या शहर में ही हैं। नेहा को गुस्सा आया, रूपाजी बाहर गई है या शहर में गई है, आप पूछने वाले कौन हैं? नहीं, सुनिए मैडम, आप जो भी हैं, रूपा जी हमारे यहाँ आने वाली थी। क्यों आने वाली थी और कहाँ आने वाली थी? सुनिए, उनकी पत्रिका छप गई है, वही लेने को आने वाली थी।

नेहा को कुछ याद आया, उसकी मम्मी कुछ प्रिन्टिंग प्रेस में छपवाने की बात तो कर रही थी, "तो अच्छी बात है, पत्रिका छप गई है तो, मैं उन्हें बता दूंगी।" यह कहकर नेहा ने फोन पटक दिया। नेहा एकदम डर–सी गई, नेहा को लगा, प्रेसवाला यदि पहले ही बता देता वह पत्रिका के बारे में कुछ कह रहा है, तो इतनी बात ही नहीं बनती, फिर भी नेहा संशय से भर गई। अपनी मम्मी को फोन लगाया, लेकिन रूपाजी अपना फोन घर पर ही भूल गई थी।

पहले से ही कुछ दिनों से उनके घर पर कोई आदमी प्रतिदिन फोन करता है, तारीकभाई है क्या, तारिकभाई है क्या? उसकी मम्मी ने कितनी बार कहा, देखिए, भाईसाहब, आप ग़लत जगह फोन लगा रहे हैं। यहाँ कोई तारिकभाई नहीं है। यह हमारा फोन

नम्बर है। हम लोग गुजराती ब्राह्मण हैं। शायद आपको किसी ने ग़लत नम्बर दे दिया हैं फिर भी इसी नाम से फोन आते रहते थे, इसलिए नेहा डर गई। आजकल कौन कैसा षडयंत्र करे, कोई नहीं जानता। न्यूज़ चेनलों में और अखबारों में प्रतिदिन अजीबो–गरीब हादसे देखने–सुनने को मिलते हैं।

नेहा अपनी मम्मी का बेसब्री से इंतज़ार करने लगी। उसे अपने कॉलेज का हादसा याद हो आया, जो कुछ दिनों पहले ही उनकी प्रिंसिपल के साथ हुआ था। हुआं यूँ था कि एक दिन कॉलेज के कर्मचारी ने प्रिंसिपल साहिबा का मोबाइल यह कहकर मांगा था कि मैडम साहिबा, आज लाइट गई हुई है, अपने कॉलेज के कोई भी फोन नहीं चल रहे हैं। मेरी पत्नी गाँव में बहुत बीमार है। कृपया आप मुझे एक फोन अपने गाँव में करने दीजिए। एम.डी. साहब आज निरीक्षण को आने वाले हैं, मैं कॉलेज से बाहर भी नहीं जा सकता। प्रिंसिपल ने उस कर्मचारी की ओर देखा और उसे अपना मोबाइल दे दिया।

यह कर्मचारी पहले भी कॉलेज की तीन अध्यापिकाओं के समय–समय पर नये बहाने बनाकर, उनके मोबाइलों से फोन करता रहा है। कुछ दिन पहले ही उनके कॉलेज में उन मोबाइल नम्बरों की खोज करती हुई पुलिस आई थी। कॉलेज में बड़ा हंगामा हुआ। जिस कर्मचारी ने इन मोबाइल से फोन किये थे, एक ही नम्बर पर किये थे। एक ड्रग्स माफिया को, (जो सभी बुरे काम करता था, लोगों के मर्डर करवाना, बच्चों को उठवाना, लड़कियों को विदेशों में नौकरी दिलाने के नाम से गुमराह करना।) किये गये थे। ये बात सुनकर प्रिंसिपल को दिल का दौरा पड़ गया। वह यह बात पुलिस को बता ही नहीं पाई और उसके पहले ही उसको दिल का दौरा पड़ गया। तभी और तीन अध्यापिकाओं से यह खोजबीन की गई और उस कर्मचारी की भी खोजबीन की गई, लेकिन वो कॉलेज से गायब हो चुका था।

कॉलेज में विद्यार्थी सभी अजीब–सी बातें करने लगे। कोई कहता, क्या सचमुच प्रिंसिपल ऐसी थी? लड़कियों को बेचने का काम करती थी, ड्रग्स माफिया से मिली हुई थी, कोई कहने लगा, नहीं नहीं यार, ये कोई षडयंत्र है। कुछ शैतान लड़के–लड़कियों ने अध्यापिकाओं की चोटी खींचने के लिए यह तरीका ढूँढ़ा होगा। तभी एक लड़की ने आ के कहा, क्यों टीचर, हमारी ड्रेस पर बड़े कमेंट्स करती थी, पर तुम तो अंदर से नंगी निकली। लड़कियों को बेचती हो। इस कॉलेज का यह हादसा पूरे शहर के विद्यालयों तक पहुँच गया। लोग टीचरों को गालियाँ देने लगे। कॉलेज पर पत्थर मारने लगे। अध्यापकों के रास्ते रोककर उनके मुंह काला करने लगे।

कुछ महीनों के बाद कोर्ट का फैसला अध्यापिकाओं के हक में आया। लेकिन सम्मान तो जा चुका था। प्रिंसिपल साहिबा की हार्ट अटैक से मृत्यु हो चुकी थी।

ये घटना नेहा को याद आते ही नेहा का दिल घबराने लगा। वह अपनी मम्मी के इंतज़ार में दरवाजे पर आकर खड़ी हुई। वह सोचने लगी, मेरी मम्मी ने किस ग़लत आदमी को फोन नम्बर दे दिये हैं। मेरी मम्मी तो बड़ी सीधी–सादी है। आज के जीवन के बारे में कुछ नहीं जानती। तभी नेहा की मम्मी रिक्शे से उतरी, नेहा अपनी मम्मी से लिपट गई। "मम्मी, आप फोन क्यों नहीं उठा रही थी?" नेहा का चेहरा भय से उतरा देखकर रूपाजी घबरा गई। "नेहा क्या हुआ, मेरा मोबाइल आज घर पर ही छूट गया था। पर इसमें इतनी चिंता करने की क्या ज़रूरत है।" "मम्मी, ये अमजद भाई कौन हैं?" "अमजद? मैं किसी अमजद को नहीं जानती।" "पर उसका फोन आया था, उसने कहा आप उसके यहाँ जाने वाली थी।" रूपा जी को कुछ समझ में नहीं आया। तभी नेहा ने कहा, "आपने कोई पत्र–पत्रिका छपवाई है क्या?" "अरे हाँ, हमारे स्कूल की महिला पत्रिका छपने को दी है। उसका ही कोई

कार्यकर्ता होगा अमज़द। तू तो बेकार में ही आशंका से घिर जाती है। अंदर चल, मुझे बहुत प्यास लगी है और भूख भी।" दोनों माँ–बेटी खाने की टेबल पर आकर बैठी, तभी कामवाली बाई ने आकर कहा, "बहनजी, कोई अमजद नाम का आदमी आया है, आपको पूछ रहा है। बड़ा हट्टा–कट्टा है।" नेहा ज़ोर से बाई पर चिल्लाकर बोली, "दरवाज़ा नहीं खोलना, मैं पुलिस को फोन कर रही हूँ।" नेहा ने 100 नम्बर घुमाया, पर फोन लग ही नहीं रहा था। उसी समय रूपाजी ने नीचे जाकर दरवाज़ा खोलकर देखा, और उस आदमी को अंदर लिया। रूपाजी उसका नाम नहीं जानती थी, कभी नाम पूछने की जरूरत ही नहीं पड़ी। नेहा दौड़कर सीढ़ियाँ उतरने लगी, और सीढ़ियों की दीवार पर छिपकली की तरह चिपक गई। घबराहट के मारे उसे कुछ समझ में नहीं आ रहा था। जब नेहा ने सुना उसकी माँ उस आदमी से बड़ी अच्छी तरह से बात कर रही है, तब उसे थोडा होश आया और वह बातें सुनने लगी। उसकी मम्मी पूछ रही थी, "भाईसाहब, पत्रिका छप गई? नगमा कैसी है? नगमा का नाम सुनकर नेहा थोड़ा सोचने लगी। नगमा आँटी तो मम्मी की बचपन की सहेली है। तभी रूपाजी ने आगे कहा, भाई साहब पत्रिका का कवर पेज तो बहुत अच्छा बन पड़ा है पर मुझे आपसे एक ही शिकायत है, इतने दिन हो गये, आप अकेले ही रहते हो, नगमा को क्यों नहीं लाते, और मैं इस बात से भी शर्मिंदा हूँ कि, मैं आपको इतने सालों से जानती हूँ, फिर भी आपका नाम नहीं जानती।

अरे रूपाजी, आप तो मुझे नगमा में ही देखती रही हैं, दोनों इसी बात पर खिल–खिलाकर हँसने लगे। लेकिन नेहा के दिलो दिमाग में आशंका ऐसी घुस गई जैसे सिर में किसी ने चाकू घोंप दिया हो।

❖❖❖

12

खानाबदोश

वीरां ने अपनी बेटी निक्की से कहा, 'बेटी, राकेश और तुम इस साल विवाह कर लो। राकेश अब अपने पिता का कारोबार भी संभालने लगा है, और अब तुम दोनों की उम्र भी विवाह के योग्य हो चली है।'

'हाँ मम्मी, मैं आज ही राकेश से बात करूँगी। मैंने पिछले सप्ताह भी शादी का जिक्र छेड़ा था, पर उस दिन राकेश कुछ जल्दी में थे।'

निक्की का इस वर्ष एम.ए. पूरा हो चला है। अगले सप्ताह एम. ए. का परिणाम भी आने वाला है। वैसे निक्की की हमेशा ही फर्स्ट क्लास आती रही है।

रात को वीरां चौके से निपटकर बालकनी में खड़ी निक्की के पास आ खड़ी होती है और निक्की की आँखों में सुबह के प्रश्न का हल ढूँढ़ने लगती है। निक्की समझ गई कि माँ राकेश के बारे में पूछ रही है।

अचानक निक्की माँ से लिपट कर रो पड़ी। 'माँ, मैं अब राकेश से विवाह नहीं करूँगी। मैंने अभी शादी का विचार छोड़ दिया है। अब मैं पी.एच.डी. करूँगी। मेरे पीछे पप्पू और डिंक्की भी तो हैं। जिन्हें पढ़ा–लिखाकर समर्थ बनाना है, नहीं तो उनका भविष्य भी अंधेरे में रह जायेगा।

वीरां एकदम घबरा गई। ''निक्की बेटी, आज अचानक तुमने विवाह का इरादा कैसे छोड़ दिया? तुम और राकेश पिछले तीन

साल से साथ–साथ हो। एक–दूसरे को चाहते हो। साथ–साथ जीवन बिताने की इच्छा से ही साथ हुए, अब अचानक क्या हुआ? या राकेश के माता–पिता को पसंद नहीं हो तुम?"

वीरां ने घबराहट में अपनी कई आशंकाएँ जल्दी–जल्दी निक्की के कानों में उड़ेल दी।

निक्की इतना ही कह सकी, 'मम्मी, ऐसी कोई बात नहीं है। बस मैंने ही अभी शादी का इरादा छोड़ दिया है।'

वीरां बड़ी अनमनी–सी किचन में जाकर सोचने लगी। कम से कम निक्की के लिए लड़का ढूँढ़ने की परेशानी तो नहीं थी, अब तक वह इस बात से तो निश्चिंत थी। जीवन में वैसे तो कितने ही दुःख हैं, पर सबसे बड़ा दुःख उसकी बेटी ने सुलझा लिया था, अपना–मन–पसंद वर ढूंढ कर। पर आज वीरां बड़ी चिंता में पड़ गई। फिर उसे लगा कि निक्की और राकेश का झगड़ा हुआ होगा। इस उम्र में तो ऐसी नोंक–झोंक होती ही हैं। एक–दो दिन में वापस मिल लेंगे; तब बात शांत हो जायेगी। वीरां यह सोच रही थी तभी फोन बजा, फोन निक्की ने ही उठाया।

निक्की बहुत आवेश में बात करने लगी। वीरां दरवाज़े के पीछे खड़ी होकर बातें सुनने लगी। वैसे उसकी यह आदत कतई नहीं है। वह कभी किसी की छुपकर बातें सुनने की आदी नहीं है।

निक्की फोन पर राकेश को डाँट रही थी। 'तुम्हें तुम्हारा शानदार घर मुबारक। हम हैं ही क्या, हमारी तो कोई पहचान है ही नहीं। हम तो 'खानाबदोश' हैं। यही कहा था ना तुमने। आज के बाद मुझे फोन मत करना।'

हुआ यूँ था कि अपने बेटे राकेश का निक्की से शादी करने का इरादा जानकर राकेश की माँ, ने, राकेश की पर्सनल डायरी से निक्की के घर के फोन नम्बर ढूँढ़ निकाले और उसने फोन नम्बर से घर का पता भी ढूँढ़ निकाला। इसी प्रक्रिया में उसे मालूम हुआ कि निक्की के फोन नम्बर. उनके स्वयं के नहीं है तथा फ्लैट भी उनके नाम नहीं है।

शाम को जब राकेश घर आया तो राकेश की माँ ने सहज ही पूछ लिया, 'बेटा, मैंने तुम्हारी डायरी से निक्की के फोन नम्बर लिए हैं। मैं उसकी माँ से मिलने जाना चाहती थी, इसलिए फोन नं. से उनके घर का पता निकाल रही थी। पर, यह फोन नम्बर व फ्लैट दोनों ही किसी मलकानी के नाम पर हैं। निक्की उस फ्लैट में क्या किरायेदार है?'

राकेश, माँ को क्या उत्तर देता। उसने कभी इस बात पर ध्यान ही नहीं दिया। वह पिछले तीन साल से निक्की को जानता है। इसी फोन नम्बर पर हमेशा उससे बात करता है। आज ही निक्की से पूछेगा।

दूसरे दिन राकेश ने निक्की से सहज ही पूछ लिया कि यह फोन नम्बर किसके नाम के हैं?

निक्की ने सहज ही उत्तर दिया फ्लैट मालिक के।' 'अच्छा तो यह फ्लैट तुम्हारा नहीं है।'

'नहीं, हम यहाँ किरायेदार हैं। पिछले साल से ही घर खाली करवाने के लिए फ्लैट मालिक ने कोर्ट में केस किया हुआ है।'

राकेश ने मजाक में निक्की को छेड़ने के लिए बस यूँ ही कह दिया कि 'खानाबदोश' हो।'

निक्की को यही शब्द, सिर में गहरे तक धंस गया। उसको राकेष का यह मज़ाक अच्छा नहीं लगा। निक्की ने अपने घर के हालात सोचकर, राक़ेश से विवाह करने का इरादा ही बदल दिया।

वीरां की शादी को पच्चीस वर्ष बीत गये। इन पच्चीस सालों में, उसने पन्द्रह घर बदले। किसी फ्लैट में ग्यारह माह तो किसी में दो साल।

वीरां का पति एक प्राइवेट कम्पनी में मैनेजर है, पर उसकी कम्पनी इतनी बड़ी नहीं कि उन्हें रहने के लिए फ्लैट दे सके।

वीरां तो बस इंटर पास है। वह कभी कोई सर्विस करने की सोचती, तो उसके तीन बच्चों को कौन देखता। सबसे बड़ी निक्की,

फिर पप्पू और फिर डिंकी। उस पर हर ग्यारह माह बाद लीव–एंड–लाइसेंस का घर बदलने की पीड़ा।

वीरां अपने समय में बड़ी होनहार विद्यार्थी थी। शादी के बाद भी उसने अपने पति महेन्द्र की हर कठिनाई में बड़े साहस और चातुर्य से सहायता की। उसका आत्मबल हमेशा बना रहा। पर कुछ सालों से जैसे वह टूट चुकी थी। उसकी तो पूरी युवावस्था ही इधर से उधर घर बदलने में बीत गई। हर साल नई जगहों पर जाओ। नये लोगों से परिचय बढ़ाओ और नई मुसीबतों का सामना करो। जगह बदलने पर हर बार वीरां इसी चिंता में रहती कि उस घर से बच्चों के स्कूल कितनी दूर पड़ेंगे। इन्हीं परेशानियों ने उसका पूरा उत्साह चूस लिया था।

वीरां और महेन्द्र हर साल सोचते कि अगले वर्ष वे अपना छोटा–सा खुद का घर खरीदेंगे पर, यह सोच बस कल्पना बनकर ही रह जाता। वे जब–जब बचत करने की सोचते, महंगाई और बढ़ जाती। बच्चों की पढ़ाई के खर्चे और बढ़ जाते। घर का किराया, बिजली का बिल हर वर्ष ज्यादा होता चला जाता। महेन्द्र की तनख्वाह तो उतनी ही रहती और खर्चे हर वर्ष दुगुने हो जाते। हर साल बस 'वाहे गुरूजी– वाहे गुरूजी' करते करते बीत जाता था।

एक बार वीरां ने महेन्द्र को काफी खरी–खोटी सुनाई थी कि 'और सभी लोग कैसे फ्लैट खरीद लेते हैं? वह हमारे सामने रहने वाला क्लर्क, उसने फ्लैट खरीद लिया, और तुम तो मैनेजर हो।'

महेन्द्र ने बस इतना ही कहा, "काले काम के बिना फ्लैट खरीदना असंभव है। या तो आपके पास पहले से कहीं प्रापर्टी हो जिसे बेचकर फ्लैट खरीद ले। या फिर आपकी नौक़री में रिश्वत लेने के बहुत मौके हों। या आपका जमा–जमाया व्यापार हो, या फिर कोई दो–नम्बर का काम कर रहे हो, इसके बिना तो फ्लैट नहीं खरीदा ज़ा सकता।'

वीरां यही सोचा करती कि आखिर ये लोग क्या गलत काम करते होंगे। मान लो कुछ अपराधी किस्म के बदमाश लोग गलत काम करके घर–बार बना भी लें पर यहाँ मुंबई में तो हर साल लाखों फ्लैट बनते हैं और लाखों ही लोग हर साल फ्लैट खरीदते हैं। क्या वे सभी गलत काम करते हैं? बेकार की बात।

हमारा ही भाग्य खराब है। वीरां को इस बात पर अपनी देहरादून की ज़मीन याद हो आई जो उसके माता–पिता ने वीरां के लिए छोड़ी थी। जिस पर आजकल उसके भाइयों का कब्ज़ा है। वीरां ने अपनी ज़मीन के कागज़ात ढूँढ़े और बच्चों से व अपने पति से अपने भाई की बीमारी का बहाना करके, वह अचानक देहरादून पहुँच गयी।

भाइयों ने थोड़ी बहुत हुज्जत के बाद अपनी बहन को उसकी जमीन की कीमत देना तय किया, वैसे वीरां की हिस्से वाली जमीन की कीमत 13 लाख रुपये बनती थी पर भाइयों ने उसे सात लाख रुपये देकर निपटा दिया। वीरां ने तो स्वप्न में भी नहीं सोचा था कि उसकी इच्छा इतनी जल्दी पूरी हो जायेगी।

वीरां तो आज लखपति बन गई थी। वीरां को आज अपने पति के कहे शब्द 'वाहे गुरूजी की मर्जी' बड़े याद आ रहे थे। सचमुच ही आज उनकी म़र्जी से वह लखपति बन गई थी। आज उसका अचानक भाग्य बदल गया था। वीरां ने मुंबई आकर अपने पति और बच्चों के सामने सात लाख रुपये रखे तो सब खुशी से झूम उठे।

अब हम इसी फ्लैट को खरीद लेंगे। वीरां ने कहा। वैसे भी मकान मालिक हमसे यह फ्लैट खाली नहीं करवा सकता किन्तु मुझे कोर्ट–कचोड़ी के झंझट में नहीं फंसे रहना है। तो बस अब अपना घर चाहिए। तभी निक्की बोली, मम्मी यह तो, वन–बेड–रूम ही है। हम अब टू बेड रूम के फ्लैट में जायेंगे।

'वह कैसे', वीरां ने सवाल किया। मम्मी मेरी सहेली है न, जिनका गैरेज है। उनका एक रिश्तेदार सरकारी कोटे से फ्लैट दिलवाने का काम करता है। बस उसे थोड़ी रिश्वत देनी पड़ती है। सरकारी कोटे याने मिनिस्टर कोटे से जो फ्लैट अलॉट होता है वह टू बेडरूम केवल चार लाख बीस हजार में ही पड़ता है। अब एक लाख रुपये दिलवाने वाले को दे दिया, तो भी अपने पास डेढ़ लाख, फिर भी बचे रहते हैं, जिससे कोई छोटा बिजनेस शुरू कर सकते हैं। टू बेड रूम फ्लैट की असल कीमत पन्द्रह लाख है।

निक्की, तुम भी कैसी बातें करती हो। एम.ए. कर चुकी हो, फिर भी इतनी नादानी। अरे भाई, सरकारी कोटे के फ्लैट उन्हें मिलते हैं जो समाज में प्रसिद्ध लोग होते हैं। जैसे कलाकार, साहित्यकार, खिलाड़ी या फिर नेता लोग।'

'हाँ, हाँ मम्मी मुझे मालूम है। रिश्वत लेने वाले बीच के लोग ऐसे सभी प्रमाण–पत्र बनवाकर ही फ्लैट पास करवाते हैं।

दूसरे दिन वीरां के नाम से कई सर्टिफिकेट बनवाये गये। वीरां को हार्ट–पेशेंट भी दिखाया गया। वीरां तो अपने बच्चों की खुशी के लिए निक्की ने जहाँ–जहाँ दस्तख़त करवाये, करती चली गयी। इस समय महेन्द्र भी जैसे किसी बात को समझाने में असमर्थ हो, चुप–सा रहा। एक अफसर टाइप आदमी उनके घर आया। उसके साथ किसी मिनिस्टर का पी.ए. भी था।

दो–चार दिन बाद वे ही लोग कुछ पेपरों पर स्टेम्प वगैर लगवाकर फिर आये और पाँच लाख रुपये लेकर चले गये। दस दिनों में उन्हें फ्लैट मिल जायेगा, ऐसा उन्होंने आश्वासन दिया था।

आज एक समाचार पत्र में छपी ख़बर पढ़कर वीरां चौकी, कि कुछ लोग सरकारी फ्लैट अलॉट करवाने के बहाने से, शहर से कई संभ्रांत लोगों के लाखों रुपये ऐंठने में सफल

हो गये। उनके साथ एक नेता का बेटा और कुछ जिम्मेवार अफसर भी शामिल थे।

यह समाचार पढ़कर वीरां का दिल धक से रह गया। वीरां, और निक्की उसकी सहेली के घर दौड़े गये। उसने जिन लोगों को पैसे दिलवाये थे उनका पता पूछा और अपने साथ चलने को कहा, पर निक्की की सहेली ने साफ इंकार कर दिया कि मुझे इस मामले में बिल्कुल नहीं मालूम। मैंने तो आपको किसी से मिलवाया ही नहीं।

वीरां और महेन्द्र पुलिस के चक्कर मार–मारकर थक गये। आज वीरां और उसका परिवार सचमुच खानाबदोश हो गये थे। अब दूर–दूर तक अपने फ्लैट में जाने की उनकी आशा उनसे कोसों दूर हो गई थी।

❖❖❖

13

मुंबई में तो यही सब होता है

प्रतिभाजी एक पढ़ी–लिखी संस्कार वाली महिला हैं। जीवन में लगातार संघर्ष करते हुए उन्होनें सफलता हासिल की है। इस सफलता को पाने में उन्हें चालीस वर्ष लगे। पिछले तीस वर्षों में उन्होंने कई किराये के (लीव एन्ड लाइसेंस) के मकान बदले। बार–बार घर बदलना और अलग–अलग तरह की समस्याओं से जूझना, बच्चों के स्कूल–कॉलेज की सबसे बड़ी समस्या, लेकिन उन्होंने कभी भी हार नहीं मानी। उन्होंने जो धन जमा किया था, वह एक घर खरीदकर ही खत्म नहीं करना चाहती थी। इससे उनके बच्चों का भविष्य रुक सकता था। घर में दो बेटियाँ भी हैं। जाने जीवन क्या मोड़ ले, बच्चों की पढ़ाई में कितना खर्च हो, व लड़कियों की शादी में कितना खर्च करना पड़े।

अब बच्चे बड़े हो गये, तभी उन्होंने अपना निजी घर खरीदने का मन बनाया। उनके प्रदेश में तो उनका अच्छा–खासा घर है और यहाँ मुंबई में एक भी नहीं। प्रतिभाजी ने एक अच्छी–खासी बड़ी सोसायटी में अपना घर खरीदा। इस सोसायटी में दस बिल्डिंगे हैं और कुछ बंगलानुमा रॉ–हाऊस। प्रतिभाजी ने बंगलानुमा रॉ–हाऊस ही खरीदा। उनके हिसाब से ग्राउण्ड फ्लोर का घर उनकी बढ़ती उम्र के लिए अच्छा रहेगा। घूमना–फिरना सहज होगा, उन्हें बहु–मंजिला इमारतों से वैसे भी डर लगता है। कब बिजली बंद हो जाए, लिफ्ट न चले, सभी काम काज जहाँ के तहाँ रुक जाते हैं। प्रतिभाजी के कुछ जान–पहचान वालों के साथ ऐसा हुआ भी है।

इस बंगले को खरीदने में प्रतिभाजी का अब तक का जोड़ा हुआ धन भी लग गया और कुछ बैंक लोन भी लेना पड़ा। फिर भी प्रतिभाजी प्रसन्न हैं।

पासवाले बंगले में अचानक ही भगदड़ और शोरगुल होने लगा। तभी प्रतिभाजी बाहर आई और वॉचमैन से पूछा, "वॉचमैन, ये पड़ोस में क्या हो रहा है? किसको क्या हुआ है? ये पुलिस क्यों आई है?" "माताजी, बंगले में एक लड़की ने पंखे से लटक कर आत्महत्या की है।" "क्या बंगलेवालों की बेटी है?" "नहीं माताजी, कोई बारबाला है।" "क्या! बारबाला?" "हाँ माताजी, यहाँ पर हर दिन बार–बालाएँ आती रहती हैं। एक–दो तो बंगले के अंदर भी रहती हैं। वॉचमैन, ये सब क्या हो रहा है?" "ऐसा कब से हो रहा है? तुमने मुझे बताया क्यों नहीं ?" "माताजी, मैंने इसलिए नहीं बताया, क्योंकि आप विश्वास ही नहीं करती और मुझे ही भला–बुरा कह देती।" "अरे मुझे नहीं बताया तो नहीं बताया, लेकिन सोसायटी के मैनेजर को बता दिया होता।" "माताजी, उन्हें सब मालूम है, मैनेजर साहब तो बंगले में आते–जाते रहते हैं, कभी–कभी तो वो रात भर बंगले में ही रह जाते हैं।"

प्रतिभाजी को यह बात जानकर बहुत बुरा लगा, उन्होंने शांति व सुकून से रहने के लिए यह घर खरीदा है। वह अब तक इतना ही जानती थी कि पास वाले बंगले में कोई वीआईपी रहने को आए हैं, इसलिए उनसे मिलने–जुलने बड़े अफसर और पुलिसवाले आते ही रहते हैं। इससे ज़्यादा जानकारी उनको नहीं थी। प्रतिभाजी ने वॉचमैन को बुलाया और कहा, इस बंगले का मालिक आए तो मुझे बुलायें, मुझे उससे बात करनी है। वॉचमैन कहता ही रह गया कि इस बंगले का मालिक–वालिक कौन है, ये बात किसी को मालूम नहीं है। बस एक दो लोग बंगले की और यहाँ आने वाले लोगों की देखभाल करने आते रहते हैं। दूसरे दिन बाजू वाले बंगले को

संभालने वाला एक मैनेजरनुमा आदमी आया, वॉचमैन दौड़ता हुआ प्रतिभाजी के पास आया, प्रतिभाजी ने आव देखा न ताव, सीधा उस मैनेजर को जाकर उसके बंगले पर भी डाँटा, ये बार–बालाओं का क्या चक्कर है भई ? और वो लड़की किस तरह मर गई? ऐसे किस्सों से सोसायटी का नाम खराब होगा। हम भी इस सोसायटी में रहते हैं। तुम्हारे इस बंगले के मालिक कौन हैं? मैनेजर बहुत ज़ोर से चिल्लाया (वह शायद कोई दलाल था) ये बहुत बड़े आदमी का बंगला है। ऐसे कई बंगले हैं उनके मुंबई में। क्या आपको मालूम नहीं कि सोसायटी में पाँच फ्लैट, बार बालाओं के ही हैं और वे उन फ्लैटों में रहती भी हैं। अरे मुंबई में तो यही सबकुछ होता है। क्या औरत है, मुंबई में रहती है और मुंबई के तेवर नहीं जानती।

प्रतिभाजी ने गुस्से में ही सोसायटी के मैनेजर को बुलवाया और बहुत भला–बुरा कहा। मैनेजर ने झूठ बोलते हुए बार–बालाओं के किस्से को एकदम झुठला दिया और कहने लगा, माताजी, मैं तुरंत ही सारी जानकारी लेकर इस पर कार्यवाही करूँगा।

प्रतिभाजी को उसके मुंह से साफ मालूम पड़ रहा था कि वो झूठ बोल रहा था। फिर भी प्रतिभाजी ने उसे एक–दो दिन का समय दिया और वह अपने घर में आ गई। लेकिन प्रतिभाजी को उस आदमी के वह शब्द 'अरे मुंबई में तो यही सबकुछ होता है', कानों में गूंजने लगे।

प्रतिभाजी ने मुंबई को श्रीकृष्ण की भगवत गीता के कर्म प्रधान लक्ष्य की नगरी की तरह ही देखा। उनकी दृष्टि में मुंबई सचमुच में एक कर्म प्रधान नगरी है। यहाँ लोग रात–दिन अपने कामों में व्यस्त रहते हैं। कितने ही लोग तो, दो या तीन जॉब भी करते हैं। सुबह घर से निकलते हैं और रात को ही घर पहुँचते हैं। कितने ही लोगों को तो अपने पड़ोसियों का नाम भी मालूम नहीं रहता कि उनके पड़ोस में कौन रहता है।

प्रतिभाजी हमेशा यही सोचा करती थी कि हमारे प्रदेश में तो आदमी और औरतों को इतना खाली समय मिलता है कि वे सारे दिन बेकार के बतंगड़ बनाते रहते हैं। एक दूसरे की बुराई करते रहते हैं। इसी में उनका सारा जन्म बीत जाता है। लेकिन मुंबई, यहाँ तो अपनी भी सेवा करने का मौका नहीं मिलता। उनके मन में उस आदमी के शब्द इतने चुभ रहे थे कि वह सोचने लगी, मैं और मेरा परिवार पिछले पचास वर्ष से मुंबई में रह रहे हैं और संघर्ष के दिनों में हम, बस और ट्रेन की भीड़ में भी यात्रा करते रहे। हमें तो आजतक न किसी ने छेड़ा, ना ही किसी ने कोहनी मारी, जबकि हमारे प्रदेश में तो मनचले आती–जाती लड़कियों को कभी भी आँख मारना, कोहनी मारना, इस तरह की छेड़खानियाँ करते ही रहते हैं।

प्रतिभा यही सोचते हुए बैठी थी, तभी उनका बड़ा बेटा सामने से आता हुआ दिखाई दिया। उनके साथ एक लड़की भी थी। "ममा, ये सुरेखा है, और ये आपसे आशीर्वाद लेने आई है।" "बेटा, ये लड़की तुम्हारे ऑफिस में काम करती है क्या, या तुम्हारे कॉलेज की साथिन रही है।" "नहीं–नहीं ममा, यह अपनी ही सोसायटी में बिल्डिंग नम्बर एफ में रहती है। यह बार में डाँस करती है। अचानक ही इसे एक साथ एक टीवी शो में बहुत सारे कलाकारों के साथ डांस करने का अवसर मिला है। इससे इसकी खुशी का ठिकाना नहीं है। ममा, मेरा और सुरेखा का चाय–पार्टी में मिलना जुलना होता रहा है। मैंने आपके आदर्शों के बारे में इन्हें बताया, तब से ये आपसे मिलना चाहती थी, लेकिन मिलना नहीं हो सका। आज ये खुद ही सामने से चलकर आ रही थी, मुझे तो ये अपने घर के बाहर अभी ही मिली है।"

प्रतिभाजी देखती ही रह गई। बार–बाला के बारे में उन्हें अपने बेटे का इस तरह से सहज भाव में कहना, बिना तनाव या झिझक के उसके डांस के बारे में बताना, सबकुछ एक आश्चर्य जैसा लग

रहा था। प्रतिभाजी के दिल को थोड़ा धक्का भी लगा। उन्हें लगा कि उनका बेटा इस सोसायटी के बारे में इतना कुछ जानता है लेकिन उसने कभी भी उन्हें नहीं बताया।

प्रतिभा जी को लगा शायद जीवन मूल्य इस कदर बदल गये हैं कि उनका स्वयं का बेटा भी इस बदलाव से ज़रा भी तनाव में नहीं है। कहाँ हमने चाहा था, देश का सात्विक विकास हो, इसी सोच पर कितने देशभक्तों ने बलिदान दिये, किसे मालूम था स्वतंत्रता एक ग़लत सभ्यता की मुक्त व्यवस्था की दासी हो जाएगी।

❖❖❖

14

नर-पिशाच-गिद्द

जिस बच्चे को नन्दा जी कचरे के ढ़ेर पर से उठाकर, बचाकर लाई थी, उसकी हालत बहुत खराब थी। कई दिनों तक नन्दा जी ने उसका इलाज करवाया। उस लड़के के पीले चेहरे को देखकर नन्दा जी को मन ही मन रोना आता था। नन्दा जी का एक ही बेटा है, जो दूसरे शहर में किसी हॉस्टल में पढ़ रहा है। उनके पति ने उनकी इच्छा के खिलाफ़ उसे हॉस्टल में पढ़ने को भेज दिया था। पति का कहना है कि हमारा लड़का बहुत उदण्ड है। उसे थोड़ा दूर रखेंगे तो सुधर जायेगा। लेकिन नन्दाजी को अपने पति का यह फैसला अच्छा नहीं लगा था। क्योंकि उनके पति महाशय थोड़े कठोर स्वभाव के मतलबी इंसान हैं।

नन्दा जी इस बीमार लड़के से जानने की बहुत कोशिश करती रही (कि उसकी ऐसी हालत क्यों हुई) लेकिन लड़के ने उन्हें कुछ नहीं बताया। कुछ दिन तो वो सदमें की हालत में था, दूसरा नन्दा जी के पति को देखकर वह डरा हुआ भी था। नन्दा जी ने इसे भी अपने घर में अपने बेटे के जैसे रख लिया।

इस लड़के ने बड़े होकर कई बुजुर्गों की हत्याएँ की। वह हत्या करता और चुपचाप घर में आकर सो जाता। नन्दाजी को कभी भी मालूम नहीं हो सका। एक दिन अचानक नन्दाजी के पति की भी हत्या हो गई। किसी ने उन्हें बेदर्दी से मारा था।

लड़का नींद में चिल्ला रहा था, "ए बुड्ढे मुझे घूरकर क्यों देख रहा है, अब तू मेरा कुछ नहीं बिगाड़ सकता, अब मैं बड़ा हो

गया हूँ। अब मैं तुझे मारूँगा। ले मर।" कहकर लड़का चीखा। चीख सुनकर नन्दाजी उसके कमरे में आई, लड़का नींद में चिल्ला रहा था, मैंने उस बुड्ढे को मार दिया और वो ज़ोर–ज़ोर से लातें मार रहा था। नन्दाजी का चेहरा सफेद पड़ गया। उन्हें लगा शायद उन्होंने ग़लत लड़के को बचाया है। यह शायद पागल है। नन्दाजी बहुत दुःखी थी। अपने पति का सदमा और इस लड़के का पागलपन।

नन्दाजी ने लड़के को घर से निकाल दिया। लड़का दो दिन, दो–रात घर के दरवाज़े पर ही बैठा रहा, कहीं नहीं गया। वह आते–जाते नन्दाजी को टुकुर–टुकुर देखता था। चार दिन के बाद नन्दाजी ने उस लड़के को घर में वापस लिया और उसको खाना–पीना दिया, और उसे चुपचाप एक मनो–चिकित्सक का टाइम लेकर उसे साथ में लेकर गई। लड़के को सम्मोहन प्रक्रिया से उससे पूछा गया कि उसके साथ क्या हुआ? जो कुछ इस लड़के ने बताया वह इस तरह है।

मैं अपने स्कूल से अपने घर पैदल जा रहा था क्योंकि मेरा घर स्कूल से थोड़ा–सा दूर है, इसलिए स्कूल बस की जरूरत नहीं थी। उस दिन तूफान–सा था और पानी बरस रहा था। मैं एक पेड़ के नीचे खड़ा था। तभी एक कार आकर रूकी, उसमें से दो आदमी बाहर आये और बड़े प्यार से बोले, बेटा, भीग क्यों रहे हो ? बीमार हो जाओगे? तुम्हें किधर जाना है, आओ, मैं तुम्हें कार से छोड़ देता हूँ। मैंने उन्हें मना कर दिया, मैं बहुत डर गया था। मैं भागना चाहता था, तभी उन दोनों ने खींचकर मुझे कार में डाल दिया और मेरा मुंह भी बांध दिया। बहुत दिनों तक मैं बेहोश रहा, दर्द से तड़पता था। मुझे चिल्लाने नहीं दिया जाता था। मैं उनसे इतना भयभीत था कि मैंने उनके चेहरे की ओर कभी नहीं देखा। इनमें से एक आदमी मेरे मुंह में गंदगी डालता था और दूसरा शरीर में। मेरे कान जैसे कोई चबा रहा हो। मैं ऐसा दर्द भोग रहा था जिसके बारे में कुछ नहीं जानता था।

मुझे वहाँ से भागने का रास्ता भी मालूम नहीं था। जब मैं गिर पड़ता था तो ज़बरदस्ती मुझे रोटी खिलाई जाती थी। मुझे रोटी में बदबू आती थी, मैं रोटी नहीं खा सकता था। दो महीनों के बाद मैंने थोड़ी हिम्मत जुटाई और चुपके से उनका चेहरा देखा, ये दोनों आदमी मेरे दादाजी की उम्र के थे। मैं केवल उस समय नौ वर्ष का था। ये दोनों मेरे हाथ–पाँव बाँध देते थे और मेरे छटपटाने पर मेरे होंठ व गाल भी नोच लेते थे और आपस में दोनों बातें किया करते थे, (अरे यार, उस अड्डे पर कब तक जाते, कभी भी कोई पहचान गया, या इन लड़कों में से किसी ने कभी भी पहचान लिया या इस अड्डे के मालिक ने हमारे धनवान होने का गलत फायदा उठाया, वह तो हमारे घर तक भी आ सकता है। समाज में हमारी इज्जत मटियामेट कर सकता है। चलो उस झंझट से तो निकले और हमारा यह फ्लैट किस काम आता।)

अचानक ही मेरी हालत खराब होने लगी। मेरा पायजामा और दोनों पाँव खून से लथपथ थे, मैं हिल भी नहीं सकता था। इन दोनों ने मुझे इसी हालत में कार में डालकर लाये और कचरे के ढेर पर पटक दिया। ऊपर आकाश पर गिद्द मण्डरा रहे थे, शायद कचरे के ढेर पर कोई बड़ा जानवर मरा पड़ा था। मैं थोड़ा कचरे की ढलान की ओर था। मैंने गिद्दों से बहुत प्रार्थना की, हे ईश्वर ये गिद्द मुझे खा जाये तो अच्छा है। मैं ये दर्द सहन नहीं कर सकता। लेकिन गिद्दों को शायद मैं नज़र नहीं आया। मैं कब बेहोश हो गया, मुझे कुछ पता नहीं। जब मुझे होश आया, तब मैं एक अस्पताल में था और एक औरत मेरे सिर पर हाथ फेर रही थी।

नन्दाजी ज़ोर से चिल्ला रही थी, नर्स को कह रही थी जल्दी आओ इधर। अब हम किस नर्क की ओर जा रहे हैं? आदमी ऐसे हैवान पशु हो गये हैं, उन्हें ये भी होश नहीं रहा है कि वे अपनी मानवता को स्वयं ही नोच रहे हैं। अपने इंसानी बच्चों को सेक्स

के गंदे नर्क में धकेल रहे हैं। अब तक तो ऐसे गंदे कारनामे पिशाचों के द्वारा ही करना सुना था। हम इन्हें कहानियाँ समझकर टाल देते थे। हमें लगता था कि पिशाच कोई होता ही नहीं है। अगर कहीं होता भी होगा तो अपनी भूख मिटाने के लिए मांस खाता होगा। लेकिन इंसान, ऐसे नर–पिशाच जो अपवित्र जगह को भी नहीं छोड़ते। ये लोग गटर में भी मुंह डालकर, गटर के कीड़े भी खाने लगे। ज़िंदा सुअरों का मुंह बांधकर उन्हें ज़िंदा भूनकर तो इंसान खा ही रहा है, किन्तु जिस भिष्टा को सुअर खाते हैं, इंसान तो उससे भी बदतर गटर में उतर गया है। ये धुले कपड़े पहने लोग भीतर तक गंदे नर–पिशाच–गिद्द। इतना कहकर वह बच्चे से लिपटकर ज़ोर–ज़ोर से रोने लगी।

❖❖❖

15

सौदामिनी

वह जाने किस उद्वेग से प्रतिबंधित होकर, समरप्रताप की सेवा में उपस्थित हुई थी। उसकी विवशता को कोई भी नहीं जानता था। सौदामिनी अद्वितीय सौन्दर्य की स्वामिनी–कंचनवर्णा कमलिनी–कामायिनी। इस युग में भी एक अप्सरा।

समरप्रताप बड़ा सम्मानीय तथा चालीस गाँवों का मालिक/ बड़े रुतवे वाला ज़मींदार, उसके रुतवे से सब घबराते हैं, किंतु उसके रिश्तेदार समरप्रताप को समाप्त करने की कुंठा में व्यस्त रहते हैं।

समरप्रताप की पत्नी कुंवरानी सुशीला देवी बहुत ही शालीन व करूणा की मूर्ति हैं। एक मात्र पुत्री दीशा जो लंदन में पढ़ती है।

समरप्रताप को पुत्र न होने का इतना ग़म नहीं जितना उसकी पत्नी को है। समरप्रताप स्वयं भी विदेश से शिक्षा प्राप्त करके आये थे। उनका सोच बड़ा सुलझा हुआ है।

वे अपनी पुत्री को ही पुत्रवत बनाना चाहते हैं, किंतु उनके सगे–संबंधी, उनके पुत्र न होने की बात पर समय–समय पर अपनी कुंठा थोपते रहते हैं। समरप्रताप के दो सौतेले भाई और एक चाचा तथा उनके दो बेटे, ये सभी समरप्रताप को समाप्त करने की चालें चलते रहते हैं।

इन सभी रिश्तेदारों ने समरप्रताप की एक कमज़ोरी युवतियों से खुलकर मिलने की, इस नब्ज़ को उन्होंने अपने षडयंत्र की कुंजी बना डाला।

समरप्रताप धीरे–धीरे इन रिश्तेदारों के बुनें हुए जाल में ऐसे फंसे कि उन्हें स्वयं भी मालूम नहीं हुआ कि वह किस चक्रव्यूह में फंस गये हैं।

समरप्रताप आजकल एक नयी सौन्दर्य–साम्राज्ञी–सौदामिनी के जाज्वल्य में समय व्यतीत करते हैं। सौदामिनी की अद्‌भुत अदा उसकी बातचीत करने की कला और उसके चलने का ढंग समरप्रताप के दिल पर सचमुच बिजलियाँ गिराता है।

जब–जब भी सौदामिनी उसके सामने चलकर आती है तब–तब समरप्रताप को कुछ–कुछ होने लगता है। वे अपना दिल ज़ोर से थाम लेते हैं।

समरप्रताप का एक सेवक साधुराम उनका थोड़ा मुंह लगा है, साधुराम भी सौदामिनी को देखकर अपना दिल थाम लेता है जब समरप्रताप उसे घूरते हैं तो वह दूसरी ओर मुंह फिराकर दाँत निपोरने लगता है। साधुराम, समरप्रताप के इशारों को भली भांति समझता है, वह संकेतों से ही उनकी हर वस्तु लाकर देता है। इस रूपरेखा में उसके चेहरे के हाव–भाव हँसी पैदा करते हैं।

साधुराम सुशीला देवी को भी चुपके–चुपके समरप्रताप के बारे में बताता रहता है कि ठाकुर साहब आज किस कन्या से मिले, इत्यादि।

पिछले कुछ सालों में इन्हीं चापलूस रिश्तेदारों ने समरप्रताप की सेवा में कई नवयौवनाएँ भेजी तथा रुपये बटोरे, किंतु सरमप्रताप को इससे विशेष कोई अंतर नहीं पड़ा तथा कोई भी युवती उन्हें ऐसा प्रभावित नहीं कर सकी कि वे उसकी जुल्फों में उलझ कर रह जाते। किन्तु सौदामिनी उनके अंतरमन में मीठी–कटार–सी चुभ गई है।

सौदामिनी का बाह्‌य सौन्दर्य और उसके भीतर की चमक ने समरप्रताप को ऐसा मदहोश किया कि वे अपनी पत्नी, पुत्री व दुनियादारी सभी को भूल चुके हैं।

सुशीला देवी अपने पति समरप्रताप व सौदामिनी की रंगरलियाँ चुपके से छिप–छिप कर देखा करती है तथा समरप्रताप के सामने उन नुक़्सों को इस्तेमाल भी किया करती है किन्तु समरप्रताप पत्नी को बड़ी बेरुखी से झिड़क दिया करते है "तुम राजरानी होकर यह सब क्या कर रही हो। तुम्हें ये नग्न कपड़े अच्छे नहीं लगते। तुम्हारी कुछ मर्यादाएँ हैं।

बेचारी सुशीला देवी क्या करे, वह भीतर ही भीतर तड़पती है। चुपके–चुपके रोती है किन्तु उसे स्वयं से भी ज़्यादा दीशा की चिन्ता है।

पिछले महीनों में उनकी पुत्री "दीशा" लंदन से दो बार भारत आई किन्तु उसकी माँ सुशीला देवी ने "उसके पिता, नगर से बाहर गये हुए हैं" ऐसे बहाने बना कर, हर बार दीशा को जल्दी–जल्दी लंदन भेज दिया। सुशीला देवी यह नहीं चाहती कि उसकी पुत्री– अपने पिता को अपनी हम उम्र की युवती के साथ अय्याशी करते हुए देखे।

आजकल सुशीलादेवी बहुत परेशान है। एक तो बेटी अब बालिग हो गई है। दूसरा वह लंदन के ही अपने एक सहपाठी मित्र से प्रेम करने लगी है। तीसरा वह अपने मित्र को भारत अपनी रियासत दिखाने को साथ में लाने वाली है। चौथा दीशा अब एक माह की छुट्टियों में यहीं रहेगी। इस एक माह तक अपनी पुत्री को पिता से नहीं मिलने देने का, सुशीला देवी के पास कोई उपाय नहीं है।

उधर अपने संबंधियों की गहरी साजिश में समरप्रताप सुधबुध भूले हुए हैं। समरप्रताप के दोनों सौतेले भाई व चाचा वगैरह समरप्रताप को सारी जायदाद से कैसे भी बेदख़ल करना चाहते हैं। इसी साज़िश के तहत उन्होंने सौदामिनी का तीर इस्तेमाल कर रखा है। इन्होंने सौदामिनी को दस लाख रुपये व एक गाँव उसे, इस काम के एवज़ में एग्रीमेंट किया हुआ है।

वे इसके बदले में–सौदामिनी द्वारा, सरमप्रताप से कुछ कानूनी व सादे–पन्नों पर हस्ताक्षर चाहते हैं, ताकि समर–प्रताप की सारी जायदाद हड़प सके। पुत्र तो समरप्रताप के है नहीं। इस विषय को भी इन लोगों ने एक तीर की तरह से इस्तेमाल किया हुआ है। समरप्रताप के दोनों सौतेले भाइयों ने समरप्रताप की अय्याशी के विचित्र किस्से गड़ कर प्रचारित किया हुआ है, तथा चाचा व चाचा के दोनों बेटों ने जनता पर क्रूरता का बीड़ा उठाया हुआ है। ये लोग जनता पर मन–माना जुल्म करते हैं और उस बात को समरप्रताप का "हुक्म है, ऐसा प्रचारित करते हैं।"

जनता इनके जुल्मों से परेशान है। वे समरप्रताप को बद्दुआएँ देती है। कुछ लोग तो समरप्रताप का खून ही कर देना चाहते हैं किन्तु–सुशीला देवी की शालीनता को देखकर चुप बैठ जाते हैं।

सौदामिनी एक उज्जवल मन की लड़की है, पर बचपन से ही ऐसे हालात रहे कि उन हालातों ने उसे ऐसा सौदा करने तक पहुँचा दिया है। एक दो बार सौदामिनी ने सुशीलादेवी की पीड़ा को भाँपा था तथा कुछ करना चाहा था किन्तु समरप्रताप के सौतेले भाइयों ने सौदामिनी को इन जज़्बातों से दूर रहने की सख़्त हिदायत दी, तथा धोखा करने पर जान से मार डालने की धमकी भी दे डाली।

इस बार दीशा लंदन से अपने मित्र सुनेत्र के साथ आई है और वह अपनी माँ से मिलकर सुनेत्र को अपनी रियासत दिखाने की इच्छा ज़ाहिर करती है तथा अपने पिता के बारे में पूछती है। सुशीलादेवी उसे इतना ही कहती है कि तुम दोनों अभी दो–चार दिन घूम–फिर लो जब तक तुम्हारे पिता आ जायेंगे।

दीशा सुनेत्र को अपनी रियासत में घुमाते हुए बड़ी आनंदित है तथा सुनेत्र भी बेहद खुश है।

ये दोनों यहाँ की प्राकृतिक छटा में मदहोश हैं।

दीशा, सुनेत्र को घुमा–फिरा रही है। इसी बीच में उसे दो–चार जगह, उसके सौतेले चाचा व चाचा के दोनों बेटे जगह–जगह टकरा जाते हैं, तथा उसे चुपचाप विचित्र ढंग से ड़राने लगते हैं।

समरप्रताप के सौतेले भाई इस बार दीशा की कद--काठी और उसके मित्र जैसे जानदार युवक को देखकर थोड़े डर गये हैं। उन्हें लग रहा है, कि समरप्रताप के पहले तो, इन दोनों का कोई इलाज़ करना होगा। अगर हमारी साज़िश का इन पढ़े–लिखे दोनों को ज़रा भी मालूम हुआ तो, हमारा खेल समाप्त हो जायेगा।

ये लोग अब सौदामिनी पर दो–दिनों में ही, सभी पेपरों पर समरप्रताप के हस्ताक्षर लेने के बारे में दबाव डालने लगे, उन्होंने कहा कि हम "केवल एक–दो दिनों तक और इस जोड़ी को रियासत घुमाने के चक्र में बाँध सकते हैं" हमें बस इन्हीं दो दिनों में हस्ताक्षर चाहिए।

दीशा अचानक ही सुनेत्र के साथ घूमना–फिरना छोड़कर अपनी माँ के पास लौट आई, जाने उसे कैसे कुछ बेचैनी–सी हो रही थी। अपनी माँ से सारे हालातों को जानकर दिशा अपने पिता से ज़बरदस्ती हवेली के दूसरे भाग में मिलने आई।

सौदामिनी ने उसे उपर से ही आते हुए देख लिया और वह उसी समय दूसरे कमरे में चली गई। इतने दिनों के बाद आई हुई बेटी से भी समरप्रताप ढंग से नहीं मिले और ना ही उन्होंने बेटी की कोई बात सुनी।

दीशा को बेहद सदमा लगा, जो पिता बचपन में उसे जान से भी ज़्यादा चाहते थे, जो उसे पुत्रवत बनाना चाहते थे आज वे अचानक इतने निष्ठुर, बेशर्म। दीशा बस यही सोच रही थी कि कोई भी किसी को अपने कैसे भी रूपजाल में फांसे, किन्तु फंसनेवाला भी तो उतना ही दोषी होता है। दीशा को अपने पिता

से अज़ीब–सी नफ़रत होने लगी। उसके दिल पर जाने कितने भूकम्प हिल उठे, वह बेसुध–सी गिर पड़ी।

दीशा अब एक भी पल यहाँ नहीं रहना चाहती, तथा सुशीलादेवी यानी अपनी माँ को भी वह लंदन अपने साथ ही ले जाने का आग्रह करने लगी। तभी सुनेत्र दौड़ा हुआ आया, और उसने हवेली के एक द्वारपाल से ज़ो सुना, कि "समरप्रताप का शीघ्र ही पत्ता साफ होने वाला है" यह बात सुशीला को बताई। यह सुनकर दीशा व सुशीला देवी घबरा उठीं और सुशीला देवी ने अपने पर्सनल पहरेदारों को बुलाकर सचेत रहने का आदेश दिया, तभी हवेली का एक नौकर दौड़ता हुआ सुशीला देवी के पास आया तथा रोकर बताने लगा कि मालकिन, आपके सभी रिश्तेदारों ने मिलकर हमारे बहुत से लोगों को क़ैद किया हुआ है तथा यह हवेली उनकी ही साज़िश की गिरफ़्त में है।

आप जल्दी ही ठाकुर साहब को बचा सकें तो बचा लें। सुशीला देवी ने अपने दो वफ़ादारों को हवेली व उनकी सुरक्षा के लिए जनता की सहायता लाने का आदेश देकर भेजा। तथा वे समरप्रताप की ओर दौड़ें। दीशा ने देखा कि उनके दोनों चाचा और उनके लड़के पहले से ही वहाँ मौजूद हैं तथा वे लोग उसके पिता को घेरे हुए हैं।

सौदामिनी हाथ में कुछ कागज़ात लिए समरप्रताप पर झुकीं हुई है। दीशा को कुछ समझ में नहीं आया। उसने पास खड़े एक पहरेदार के हाथ से बंदूक खींची ओर सौदामिनी पर दाग दी–किन्तु गोली उसके पिता को लग गई। उसी क्षण सौदामिनी तब तक, हस्ताक्षर कराने में सफल हो गई।

दीशा ने सौदामिनी पर फिर गोली दागनी चाही, किन्तु सौदामिनी ने, हाथ के इशारे से रूकने को कहा– "रूंको– पहले देखो"–उसने अपने हाथ के कागज़ात आगे बढ़ाए– सुनेत्र ने कागज़ात लेकर दीशा की ओर बढ़ा दिए। दीशा ने जैसे ही पढ़ा,

उसके हाथ काँपने लगे और वह सौदामिनी से जाकर लिपट गई। पिस्तौल उसके हाथ से गिर गई।

सौदामिनी ने सारी जायदाद सुशीलादेवी के नाम करवा दी। सुशीला देवी ने सौदामिनी की जयकार बोलीं। तब तक हवेली में जनता प्रवेश कर चुकी। सौदामिनी सभी के बीच में से गौरव से चली जा रही थी, उसने एक बार भी मुड़कर नहीं देखा, उस पर समरप्रताप के सौतेल भाई ने गोली चलाई पर जनता के बीच में घिरी, बच गई तथा वह गोली किसी और को लग गई। सुशीला देवी ने जनता से नारा देकर कहा कि सौदामिनी ने हमें बिजली बनकर जलाया नहीं, बल्कि श्रीलक्ष्मी बनकर उभार लिया है।

❖❖❖

16

वसीयत

सुधेन्दू रामेट एक बड़ा सरकारी ऑफिसर है। बड़े–बड़े टेन्डर वही पास करता है। सरकार द्वारा इन्हें रहने को बंगला भी दिया गया, लेकिन इन्होंने बंगले में रहने से इन्कार कर दिया। सुधेन्दू का सोचना था कि उसके पास अपनी इतनी बड़ी कोठी है जो उनके बाप–दादाओं से चलती आ रही है, जिसमें उनकी आत्मीयता बसी है, वे बिना जरूरत के सरकारी बंगले में रहकर क्या करेंगे।

सुधेन्दू के दादा–परदादा से लेकर सुधेन्दू तक सभी घर के पुरूष बहुत ही ईमानदार व पुरूषार्थी रहे हैं। अपने इमान की कमाई ही इनको अच्छी लगती है। सुधेन्दू ने आज तक अपने पद का दुरूपयोग नहीं किया। कितने ही टेन्डर पास किये लेकिन कभी भी रिश्वत नहीं ली। इस कारण कई ठेकदार व उद्योगपति सुधेन्दू के दुश्मन भी हैं। लेकिन सुधेन्दू को उनकी परवाह नहीं। उसको परेशानी है तो केवल अपने परिवार से।

सुधेन्दू की पत्नी हमेशा ही कीमती परफ्यूम लगाती रहती है और लाखों रुपयों की घड़ियाँ हाथ में पहनी रहती है। कई बार सुधेन्दू ने देखा और अपनी पत्नी से पूछा कि इतनी कीमती घड़ियां वो कहाँ से लाती है? पत्नी हमेशा ही टाल देती है (या झूठ बोलती रहती है।) मैं अपनी सहेलियों की घड़ियाँ अदला–बदली करती रहती हूँ। हम भी क्या करें–आप इतने बड़े ऑफिसर हैं। जब भी पार्टी में जाती हूँ, बड़े फंक्शनों में जाती हूँ तो सभी आफिसरों की

पत्नियाँ महंगी घड़ियाँ और हीरों के सेट पहनी रहती हैं, मुझे भी दिखाने के लिए पहनना पड़ता है आपके सम्मान के लिए।

सुधेन्दू को ये बात बिल्कुल मालूम नहीं थी कि जिन लोगों के टेन्डर सुधेन्दू पास करते हैं उन लोगों की जानकारी लेकर उनकी पत्नी उन्हें घर पर बुलाती है और वे लोग सुधेन्दू की पत्नी को प्रसन्न करने के लिए, अपने टेन्डर पास करवाने के लिए महंगी गिफ्टें भेंट करते ही रहते हैं। सुधेन्दू को आश्चर्य तो तब हुआ जब उनकी अपनी बेटी सुहानी एक ठेकेदार की पत्नी से फोन पर बात कर रही थी–"आन्टी जी, अगर आप लंदन जा रही हैं तो मैंने आपको जो एक लिस्ट भेजी है, वे सभी चींजें लंदन से मेरे लिए ज़रूर लाइयेगा। मैंने अपने लिपस्टिक के कलर और सैन्डल के नम्बर आपको लिखवा दिये हैं। (आपका टेन्डर अभी पास नहीं हुआ है आन्टी जी, हो जाएगा) सुधेन्दू को ये बात सुनकर बहुत दुःख हुआ। उन्होंने अपनी बेटी को बुलाकर पूछा भी लेकिन वह बात टाल गई। किंतु एक दिन सुधेन्दू ने अपनी बेटी व पत्नी को बातें करते सुन लिया था। बेटी अपनी माँ से कह रही थी मेरे डैड यानी आपके हसबैण्ड बड़े ही पागल हैं, जिस पद पर वे हैं, उस पर यदि कोई दूसरा ऑफिसर होता तो देश–विदेश की वस्तुओं से घर भर जाता। हम भी क्या करें, हम क्यों छोड़ दें इन लालची ठेकेदारों को। सुधेन्दू को अपने परिवारवालों की ऐसी सोच जानकर दिल को धक्का लगा। उन्हें लगा अच्छे अफसर को ग़लत रास्ते पर चलने के लिए परिवार वाले भी किस तरह मजबूर कर देते हैं। एक दिन अचानक अपने ऑफिस में अपने सेक्रेटरी और अपने साथ के एक ऑफिसर को बात करते भी सुना, वे आपस में एक दूसरे से कह रहे थे, यार सुधेन्दू तो बड़ा छुपा रूस्तम निकला, खुद तो रिश्वत नहीं लेता, लेकिन अपने घर की औरतों को आगे कर दिया है। कल रघु महेन्द्र ठेकेदार बता रहा था कि उसने सुधेन्दू की पत्नी को दस लाख रुपये की घड़ी भेंट की है और बेटी को फैशन के कई सामान।

ऐसी बातें सुनकर सुधेन्दू बेचैन हो उठे, वे समय से पहले ही घर आ गये। घर पर उनकी पत्नी व बेटी शायद कोई नई फिल्म देखने के लिए गई हुई थीं। सुधेन्दू अपने बिस्तर पर हताश लेट गये। उन्हें बहुत अकेलापन महसूस होने लगा। अपने घर में उठकर इधर–उधर टहलने लगे। टहलते हुए अपने बेटे के रूम में गये, रूम में सभी वस्तुएँ अस्त–व्यस्त थीं। उन्हें अपने बेटे की ऐसी लापरवाही से दुःख हुआ। तभी उनकी दृष्टि एक पैकेट पर पड़ी, पैकेट निरोध का था। अब तो सुधेन्दू को काटो तो खून नहीं। उन्होंने बेटे का पूरा रूम छान मारा। कपाट में कई लड़के–लड़कियों के नंगे चित्र थे। अभी तो उनका पुत्र कॉलेज भी पूरा नहीं कर पाया है, ये देखकर उनको सदमा लगा।

सुधेन्दू को लगा कि ये मेरे कैसे परिवार वाले हैं। ये तो सभी मुझसे अय्याशी के साधन चाहते हैं। मैंने अपने दादा और पिता के आदर्शों पर चलकर कभी भी रिश्वत नहीं ली। सुधेन्दू का मन भीतर तक उदास हो गया। सुधेन्दू के पास अपने बाप–दादाओं की कोठी के अलावा कुछ नहीं था, ले–देकर एक एफ.डी. थी जो उनहोंने अपने परिवार के भविष्य के लिए करवा रखी थी और अपने दादाजी के द्वारा खुलाया हुआ एक अनाथ आश्रम, बस यही उनका साधन थे। जब कभी सुधेन्दू को अपने पूर्वजों की याद आती है, तभी अनाथ आश्रम का दौरा करने चले जाते, वहाँ काम–काज कैसा चल रहा है, ये देखकर उन्होंने तसल्ली होती है। इसी अनाथ आश्रम में पल रहे एक बच्चे मजूम से उन्हें बहुत स्नेह हो गया। वे उसे देखने के बहाने भी आते रहते हैं। आज भी सुधेन्दू अनाथ आश्रम में ही आए हुए हैं। मजूम के पास बैठकर अपना दिल बहलाने की कोशिश कर रहे हैं, पर दिल है कि कहीं लगता ही नहीं।

तीन दिनों से सुधेन्दू घर नहीं आए, वे ऑफिस में भी नहीं गए। घरवाले इधर उधर फोन करके पूछने लगे, उन्हें लगा कि किसी सरकारी दौरे पर बाहर गये हों। पत्नी को लगा शायद सुधेन्दू

उससे नाराज हैं, इसलिए बिना बताये चले गये। बच्चों को तो वैसे ही पिता की परवाह नहीं, तभी किसी अस्पताल से फोन आया, फोन, पत्नी ने उठाया। मालूम हुआ कि सुधेन्दू बाबू नहीं रहे। पत्नी और बच्चे अस्पताल भागे। परिवार वालों को मालूम ही नहीं हुआ कि सुधेन्दू की मृत्यु कैसे हुई। सुधेन्दू के चौथे पर पूजा–पाठ चल रही थी तभी उनका वकील आया और उसने बताया कि सुधेन्दू बाबू ने सभी घरवालों के लिए अपनी वसीयत की है, वही सुनाने आया हूँ और मुझे आज ही सुनानी है। वसीयत के अनुसार पाँच कीमती घड़ियाँ और पन्द्रह विदेशी परफ्यूम अपनी पत्नी के लिए खरीद कर छोड़े हैं। बेटी के लिए कई तरह की लिपस्टिक हैं और कई तरह की सैण्डल और पुत्र के लिए निरोध के अनगिनत पैकेट। ये सभी वस्तुएँ उन्होंने अपनी एक किडनी दान कर उस पैसे से खरीदी थीं। उन्होंनें अपनी कोठी अपने बाप दादाओं द्वारा बनाये आश्रम को भेंट कर दी और अपनी एफ.डी. अनाथ आश्रम में पल रहे मजूम के नाम कर दी। जो अट्ठारह वर्ष के बाद उसका अकेला वारिस होगा। वकील साहब भी हैरान थे। उन्होनें आज तक कई लोगों की वसीयतें बनाईं लेकिन इतनी निर्मम वसीयत उन्होंने पहले कभी नहीं बनाई। लेकिन सुधेन्दू के परिवारवाले इस वसीयत का राज समझ चुके थे।

❖❖❖

17

विकृति

सुंदरी, ऐ सुन्दरी, सुन ज़रा, इधर आना। हाँ जजमान, मैं तो आपके लिए हूँ, बोलो हुजूर क्या काम है? लो, मैं आ गई। "अरे तू ये मैं आ गई, मैं आ गई लड़कियों के जैसे कैसे बोलता है?" हुजूर, आप ही ने तो पुकारा सुंदरी इधर आओ। हाँ हाँ छोड़, तू अभी क्या कर रहा है? बोलो हुजूर, मैं तो आपकी सेवा में ही उपस्थित हूँ। अच्छा सुन, तू रात को नौ बजे के बाद मेरे फार्म हाऊस पे आ जाना। (मेरा पता और फोन नम्बर मेरे सेक्रेटरी से ले ले) थोड़ा काम है तुझसे। (सुंदरी एक हिजड़ा जो हर दिन तरह–तरह के लोगों से मिलता है) वह तीखी हंसी, हंसा और मन ही मन बड़बड़ा–हमसे और क्या काम हो सकता है –

ऐ सुंदर सुनो, "हुजूर आपके मुंह से सुंदरी बहुत अच्छा लगता है। मुझे औरत होने का एहसास होने लगता है और लज्जा भी आने लगती है। चल बे छक्के! ये सामने जो तेल की बोतल है, वो उठाकर ला और ये कैप्सूल, इसे तेल में मिलाकर हमारी मसाज कर। समझा कि नहीं? हाँ हुजूर, तेल मालिश करनी है, ये तो मैं बहुत अच्छी तरह से कर सकता हूँ। तेल मालिश शरीर पर की जाती है, उसके लिए बहुत मालिश वाले हैं, तू क्या करेगा इसमें? हाँ हुजूर फिर आप जैसे कहेंगे, वैसे कर दूंगा।

सुंदर जब मालिश करके जाने लगा, सेठ ने एक हजार रुपये का नोट देकर कहा, एक दो दिन लगातार आ जा। हमें किसी स्पर्धा में जाना है। हम वहाँ किसी भी तरह कमज़ोर नहीं पड़ता

चाहते, इज्ज़त का सवाल है। सुंदर हाथ जोड़कर शीघ्र बाहर निकला, उसे इस आदमी की दिमागी पागलपन पर हंसी भी आ रही थी और नफरत भी हो रही थी। दूसरे दिन मालिश करते हुए सुंदर ने पूछा—मालिक यह काम तो आपकी पत्नी ज़्यादा अच्छा कर सकती है और आपको घर से दूर यहाँ फार्म हाउस पर आने की जरूरत भी नहीं पड़ती। अबे चुप! तुझे यह सब बात करने के लिए किसने कहा? ये बातें तेरे दिमाग़ के बाहर की है। मेरी पत्नी बहुत ही सुंदर और शर्मीली है। मान लो मसाज कराते मेरा दिमाग उस समय कहीं बिजनेस के सोच फिकर में उलझा रहा, और हम अपनी पत्नी को कहीं कमज़ोर मर्द लगे, तब उसकी हमारे सामने सारी शर्म खत्म नहीं हो जाएगी। माफ करना हुजूर, ये बात तो मेरे समझ के बाहर की है। (सुंदर मन ही मन सोचने लगा, मुझे क्या तकलीफ है भाई, मुझे तो अच्छा खासा मेहनताना मिल रहा है, तुम जाओ मेरी बला से कूड़े में।)

दो दिन बाद ही सेठ ने सुंदर को फोन किया। सुनो सुंदर, हमें कुछ छोटी उम्र का हिजड़ा चाहिए। तुम्हारे ग्रुप में अगर कोई हो तो, ले आओ उसे, हम उसे दस हजार रुपये देंगे, वो देखने में मासूम—सा होना चाहिए। हाँ हुजूर ढूँढूंगा। (जबकि सुंदर के ग्रुप में करीब चौदह वर्ष के एक हिजड़े ने दीक्षा ली है।) सुंदर को अपने नए हिजड़े की शुरूआत अच्छी लगी। दस हजार रुपये। वह अपने नए साथी को समझाकर लाने की कोशिश करने लगा। लेकिन उस नये हिजड़े ने साफ मना कर दिया। देखो भाई सुंदर, हम नाच गा तो लेंगे, दरवाज़े दरवाज़े बधाईयाँ भी बोल लेंगे। झोली भी फैला लेंगे। लेकिन हमने तुम्हारे ग्रुप में शामिल होने से पहले ही कह दिया था कि हम किसी भी ऐसी किसी विकृति का साथ नहीं देगे, चाहे कितना भी पैसा मिले। ईश्वर ने हमें विकृत बनाया है, पर हमें सोचने समझने की कला भी दिया हैं। मेहनत करने के लिए मजबूत हाथ पैर भी दिये हैं। हमें दो समय की रोटी के अलावा और क्या चाहिए? बेचारे दुनियादार लोग तो हर समय

अपने परिवार को पालने की परेशानी में लगे रहते हैं—परंतु हमें कोई परेशानी नहीं। हम अपनी विकृति पर हैरान नहीं, न ही शर्मसार हैं।

आज सुंदर को अपना हिजड़ा होना कतई बुरा नहीं लग रहा था। वह गर्व से सिर उठाकर नये साथी को चूनने जा रहा था। उसे लग रहा था जैसे वह सेठ श्रापित है। उसे लग रहा था विकृति तो इस धनिक में है। आज उसे अपना हिजड़ा होना अच्छा लग रहा था, जो मन को थोड़ा दुःख था, वह भी आज दूर हो गया। वह ईश्वर से प्रार्थना करने लगा हे ईश्वर! तूने मुझे जो बनाया, मैं वही ठीक हूँ। धन्यवाद। मेरी इस विकृति ने, तेरे कितना करीब पहुँचा दिया मुझे।

❖❖❖

18

क्षुब्धा

श्रीमती क्षुब्धा को अपने लेखन पर बहुत अभिमान है। जबकि उसने अब तक मात्र तीन छोटी–छोटी कहानियाँ ही लिखी हैं और दो–चार साहित्यिक प्रोग्रामों में भाग लिया है। अभी तक न उसे लेखन की विधा के बारे में जानकारी है और न ही उनका लेखन कहीं आगे बढ़ा है। किंतु उसे शीघ्र प्रसिद्ध होना है। चाहे उसके लिए कुछ भी करना पड़े। कुछ फिल्मी उपन्यास, और टीवी सीरियल की घटनाएं उसके दिमाग में बस गई है। क्षुब्धा को लगता है आज के युग में पॉपुलर होना ज़रूरी है। उसका रास्ता चाहे किधर से भी निकलता हो। वह हर समय इसी सोच में उल–जलूल हरकतें भी करती रहती हैं। किसी के कहने पर वह एक दिन ऐसे साहित्यकार से मिलने गई, जो दिमाग से थोड़ा खुराफ़ाती है। लेकिन अपने लेखन का उस्ताद है। जब क्षुब्धा उस साहित्यकार से मिली, तो उसे खास नहीं लगा। उसे लगा ये तो बातचीत करने में ही सदियाँ लगा देगा। मुझे तो अपना नाम शीघ्र चाहिए। वह सोचने लगी, आजकल के समय में तो मामूली–सी औरतें और लड़कियाँ यहाँ तक कि बार बालाएं भी टीवी चैनलों पर उटपटांग बकवास करके नाम कमा लेती है तो मैं क्यों नहीं ? क्षुब्धा ने किसी से जानकारी ली और एक अत्याधुनिक लेखक से मिली– ये लेखक बड़ा रोमांटिक और उटपटांग घटनाओं को जन्म देने में बड़ा माहिर। क्षुब्धा के मन को यह लेखक बहुत भा गया। उसने लेखक से शीघ्र ही नजदीकी बनाई। लेखक को और क्या

चाहिए था, बिना फंसाये मुर्गी फंसी। (उसने महिला के बारे में इतना ही सोचा, दो बार की भेंट में ही इतनी नजदीक आ गई, उसे लम्बा चलाया जा सकता है।) इसको उलझे हुए रास्तों पर चलाना बड़ा आसान है।

देखो क्षुब्धा जी, आप अच्छी लेखिका हैं और जल्दी ही प्रसिद्धि भी पाना चाहती हैं और हमारी मित्र भी हैं। आपकी ख्याति से हमें भी खुशी होगी। लेकिन आप ये छोटे–मोटे टीवी सीरियलों के किस्सों से बाहर निकलिए, कुछ बड़ा करिये, जिससे आपका नाम विशेषरूप से आगे आयेगा। क्षुब्धा तो गदगद हो गई, वह भीतर ही भीतर आनंदित हो उठी, उसे तो बस यही चाहिए था। उसने लेखक की ओर बड़ी प्यार भरी नज़रों से देखा और उसकी बाहों में समा गई। मुझे कुछ मालूम नहीं सर, क्या करना है, आप ही मुझे रास्ता बताइए। दो तीन दिन इसी सोच में लेखक महाशय ने क्षुब्धा से अपनी खूब सेवा करवाई और क्षुब्धा के दिमाग को प्रसिद्धि की रूप रेखा में उलझा दिया।

सर, मैं श्रीकृष्ण भगवान के रोमांस के बारे में कैसे चर्चा कर सकती हूँ। तो राम के बारे में करो। नहीं नहीं सर, राम तो हमारे भगवान हैं। उनके बारे में कुछ भी कहना उचित नहीं होगा। देखो क्षुब्धा जी, जब तक आप किसी इतिहास प्रसिद्ध नायक या नायिका को नहीं छेड़ोगी तब कैसे कन्ट्रोवर्सी में आओगी? आजकल शीघ्र प्रसिद्धि पाने का यही नुस्खा है। सर कुछ और सोचो। अचानक लेखक ने श्रीमती क्षुब्धा को छेड़ दिया। सुनो प्रिये! तुम महाभारत से पाण्डव पत्नी, कुंती का किस्सा उछालो और अपने लेख में लिखो कुंवारी माँ कुंती थी। ये तो सदियों से चलता आया है। आज की लड़कियां तो ज़्यादा साफ़ दिल हैं, जो कुछ हुआ, उसे स्वीकार करती हैं। पहले के ज़माने में तो उन्हें छिपाकर दूसरा रूप देकर घटनाओं को बताया जाता था। श्रीमती क्षुब्धा उछल पड़ी– वाह सर, क्या किस्सा बताया हैं। पाँच पाण्डवों की माता कुंवारी कुंती थी? नहीं मैडम, पाँच पाण्डवों के जन्म से पहले वो कुंवारी

थी, जब कर्ण को जन्म दिया था। सर, ये कर्ण कौन? लेखक समझ गया कि इस औरत को किसी भी तरह का साधारण ज्ञान भी नहीं है और ये दूसरों के ज्ञान से प्रसिद्ध होना चाहती है। इस औरत को उलझाने में बड़ा मज़ा आएगा। सुनो मैडम, एक और घटना महाभारत की मुझे याद आ रही है। तुम अपना लेख इस तरह लिखो, कि सारी दुनिया कहती है कि महाभारत का युद्ध द्रौपदी के कारण हुआ और इस युद्ध में लाखों लोग नष्ट हो गये। लेकिन मैं कहती हूँ महाभाारत का युद्ध द्रौपदी के कारण नहीं, वह तो गांधारी के कारण हुआ था जो अंधी न होकर भी अंधी बनी रही। बस इतना शगूफा छोड़ दो, फिर देखो मैडम, तुम रातों रात कैसे प्रसिद्ध हो जाओगी? लेकिन सर, जब लोग मुझसे सवाल करेंगे तब मैं क्या जवाब दूंगी? मैंने महाभारत तो पढ़ा नहीं है, हाँ कभी कभी टीवी सीरियल के माध्यम से थोड़ा बहुत देखा है। मैडम क्षुब्धा जी, ये बात आप मुझ पर छोड़ दीजिए न। आगे का रास्ता बताने के लिए हम बैठे हैं न आपके लिए। क्षुब्धा ने शीघ्र ही ये लेख लिखकर कुछ पत्र–पत्रिकाओं को पैसे देकर छपवा लिये। उसे मालूम ही नहीं हुआ कि प्रसिद्धि के लिए उसने क्या गुनाह कर लिया है। आज वह स्वयं महाभारत की द्रौपदी की तरह हो गई है। जिसका चीरहरण करना बहुत ही आसान है और अब श्रीकृष्ण भी नहीं आने वाले।

❖❖❖

19

सच्चे का मुंह काला

सेठ दामोदर जो सत्य के पुजारी हैं और स्पष्ट वक्ता भी हैं। उन्हें सहज–जीवन जीना पसंद है। पत्नी की मृत्यु के बाद उन्होंने अपने पुत्र की देख–रेख बिल्कुल माँ के जैसे की। पुत्र नितेज भी बड़ा होकर अपने पिता की आदतें जानने लगा। लेकिन सेठ दामोदर को पुत्र के बारे में कुछ सोचकर बेचैनी–सी होती थी। उन्हें तो समझ भी नहीं आता था कि वे पुत्र को लेकर इतना चिंतित क्यों रहते हैं। बेटे की आदतें बिगड़ न जाए, इसलिए उन्होंने घर में भी कोई नौकर नहीं रखा था। बस केवल एक बूढी नौकरानी थी, जो उनकी पत्नी के समय की थी।

एक दिन नन्दू नाम का लड़का सेठ से काम मांगने उनके ऑफिस में आया। दामोदर को यह लड़का अच्छा लगा। उससे बात करके दिल को थोड़ा सुकून मिला। उससे कुछ सवाल करके सेठ ने उसे अपने ऑफिस में रख लिया। धीरे–धीरे नन्दू सेठ के बहुत करीब हो गया और सेठ ने भी नन्दू को खूब ठोक–बजाकर देखा, फिर अपने ऑफिस के बजाए अपने घर में नौकर रख लिया। नन्दू ने पूरे मन से सेठ जी की सेवा की, पूरा घर संभाल लिया। बूढ़ी नौकरानी को भी नन्दू बहुत अच्छा लगा। किंतु सेठ के पुत्र नितेज को वह फूटी आँख भी नहीं सुहाया। नितेज हर दिन नन्दू को किसी न किसी बहाने डांट देता या थप्पड़ मार देता। लेकिन नन्दू ने कभी भी सेठ से शिकायत नहीं की। एक दिन घर की बूढी नौकरानी ने ही बताया सेठ को कि नितेज का व्यवहार

नन्दू के लिए बिल्कुल भी ठीक नहीं है। सेठ जी ने नन्दू को बुलाकर पूछा–लेकिन नन्दू बात टाल गया, नहीं बाबूजी, हम शायद गाँव से आये हैं, शहर के तौर–तरीके नहीं जानते। इसलिए हमसे शायद कुछ गलतियाँ हो जाती हैं। अभी कई वस्तुएँ हमें ठीक तरह से संभालना भी नहीं आता है। इसलिए भैया जी को शायद हम पर गुस्सा आ जाता है। धीरे–धीरे हम सब सीख जाएंगे। सब ठीक हो जाएगा। नन्दू की बातों से सेठ को कुछ शंका–सी हुई, उन्हें लगा नन्दू ज़रूर कुछ छिपा रहा है या स्वामी भक्ति के मारे कुछ कह नहीं पा रहा है। किंतु बात जरूर कुछ है। सेठ को अपने पुत्र के बारे में उस दिन से कुछ चिंता–सी रहने लगी। नितेज कुछ गलत तो नहीं कर रहा है? लेकिन हर बार नन्दू नितेज की बातों को छिपा लेता है। नितेज दोस्तों के साथ शराब, सिगरेट भी पीने लगा था। बूढ़ी नौकरानी भी नितेज के बारे में सेठ को कुछ बताना नहीं चाहती थी। क्योंकि सेठ जी को दुख होगा, उन्हें लगेगा, उनकी परवरिश में कुछ कमी है, यही सोचकर वो चुप हो जाती थी। सेठ जी का सत्य वक्ता होने के कारण उनके कई मित्र उनसे दूर हो गये थे। ऑफिस में कपटी नौकर भी ज्यादा दिन नहीं टिक पाते थे। बस एक नन्दू ही था जो सेठ जी के मन को ठण्डक पहुँचाता है।

अचानक एक दिन नन्दू थोड़ा रोता हुआ–सा बदहवास ऑफ़िस पहुँचा, सेठ एकदम घबरा गये। नन्दू के रोने से नहीं, बल्कि उसका मुंह पूरा काला देखकर डर गये। वे हड़बड़ाहट में नन्दू को बस एक ही बात पूछने लगे, तुम्हारा मुंह किसने काला किया, कौन है वह, मैं अभी पुलिस को बुलाता हूँ। नन्दू पुलिस की बात सुनकर घबरा गया। वह उन्हें समझाने लगा, नहीं, कोई बात नहीं है। वे नन्दू को गाड़ी में बिठाकर अपने घर लाए। घर पर भी नौकरानी दुःखी दिखाई दे रही थी। सेठ ने बिना देरी किये नौकरानी से सीधे सवाल किया, नन्दू का मुंह काला किसने किया? नौकरानी ने सिर झुका लिया, लेकिन सेठ ने अपनी स्वर्गीय पत्नी

का वास्ता देकर नौकरानी की जुबान खुलवा ली। नौकरानी ने बताया कि नितेज ने अपने दो दोस्तों के साथ मिलकर सामने वाली गुप्ता जी की लड़की के साथ कुकर्म किया, और जब नन्दू ने उन्हें देख लिया, तभी वहाँ कुछ लोगों की भीड़ जमा हो गई। नितेज, गुप्ता जी के घर की खिड़की से कूदकर अपने घर आया और नन्दू को ज़ोर से बोलते देखकर मारने–पीटने लगा। उसे कहने लगा, ये सच किसी को भी मत बताना–इस पर नन्दू ने कहा कि वो जरूर सेठ जी को बतायेगा। तभी नितेज ने नन्दू का मुंह काला कर दिया और पीछे के दरवाज़े से धक्का देकर घर से निकाल दिया। सेठ के दिल को बहुत आघात पहुँचा। उन्हें लगने लगा जैसे यह नन्दू का मुंह काला नहीं किया गया, यह एक सच्चे का मुंह काला किया गया है और वह भी उनके अपने पूरे जन्म की सच्चाई पर उनके अपने बेटे ने कालिख पोत दी है।

❖❖❖

20

रोटी का टुकड़ा

कश्मीर में आसपास के इलाकों में समय–समय पर गोलियां ही चलती रहती हैं। वहाँ कब किस समय आतंक का साया मंडराने लगे, और कब मौत आ जाए, किसी को कोई मालूम नहीं होता। वहाँ के लोग अपनी जान हथेली पर लेकर ही चलते फिरते हैं। रोज़ाना मरते–मिटते लोगों को देखकर वहाँ के लोगों ने अपना दिलो दिमाग मजबूत बना लिया है। कब परिवार का कोई भी प्यारा सदस्य एक दूसरे से बिछड़ जाए, कोई कुछ कह नहीं सकता। ऊपर से कोई उद्योग भी नहीं है। लोग हर दिन के आतंक से व्यापार करने के लायक भी नहीं रहे। कश्मीर के अच्छे धनपति भी उद्योग नहीं चलने से कंगाल होने की कगार पर खड़े हैं। फिर आम आदमी की बात ही क्या। आज नगर में कुछ ज्यादा ही भय का माहौल हैं। पाकिस्तानी आतंकवादी और कश्मीर के राजनेताओं की ज़िद अड़ गई है। दोनों ओर से बंदूकों और बारूदों से चिताएँ जल रही हैं। लोग अपने अपने घरों में दुबके पड़े हैं। कई लोगों के घर जल गए हैं। वे इधर–उधर भाग रहे हैं। उसी समय नगर के धनपति की मजबूत कार वहाँ से गुज़री और सड़क के किनारे खड़े एक बूढ़े आदमी ने कार को रोकने का इशारा किया, कार को रुकता हुआ न देखकर वह कार के आगे आ गया। कार का दरवाज़ा ज़ोर से खोलकर धनपति ने पूछा–कार क्यों रोकी? श्रीमान आपकी कार में मुझे थोड़ी–सी दूर तक आसरा दे दीजिए, मुझे आगे किसी जंगल के रास्ते उतार दीजिए, यहाँ तो

मेरा घर जल चुका है। भगवान की कृपा से हमारा परिवार हमारे पुश्तैनी गाँव में गया हुआ है। अगर आपका आसरा मिला तो मैं भी अपने परिवार से जा मिलूंगा। धनपति ने उस आदमी की ओर देखा और उसे गाड़ी में बिठा दिया। वह बूढा आदमी अपने हाथ में कागज में कुछ लपेटे मुट्ठी बांधे हुए था। शायद बहुत भूखा भी था। धनपति ने थोड़ी दूरी के बाद उसे उतरने को कहा। उस गरीब आदमी ने अपनी मुट्ठी में बंधी कागज की पुड़िया उस धनपति की जेब में डालते हुए कहा–धन्यवाद। मेरे पास आपको देने के लिए बस यही बचा था। शायद आपके कुछ काम आए। वह बात पूरी कर ही नहीं पाया था कि सामने से गोलियों की आवाज़ आने लगी–धनपति ने इधर उधर देखे बिना ही अपने ड्राइवर को गाड़ी दौड़ाने को कहा और बड़बड़ाने भी लगा कैसे–कैसे पागलों से पाला पड़ जाता है। दूर से आतंकवादी की गाड़ियाँ आती दिखाई दी, तभी ड्राइवर ने कार को पूरी स्पीड से दूसरी ओर मोड़ा, वह इतनी स्पीड में दौड़ा कि गाड़ी आगे जाकर खाई में गिर गई। ये खाई बहुत ही गहरी थी और गंदगी से भरी हुई थी। दो दिन बाद जब धनपति को थोड़ा–सा होश आया, तब उसे ऐसा लगा कि वो किसी नर्क में आ गया है। चारों ओर गंदे कीड़े, कीचड़, जंगली झाड़ियाँ, आसपास कहीं पानी भी नहीं दिख रहा था। थोड़ी, दूर में उसे कार के टुकड़े नजर आये, उसने ड्राइवर को आवाज़ देने की कोशिश की, लेकिन भूख–प्यास के मारे मुंह से आवाज़ ही नहीं निकल रही थी। ऐशो–आराम से रहने वाला ये आदमी जिसका आज न धन काम आ सका और न ही अपने। उसने पहली बार शायद ईश्वर को याद किया। हे ईश्वर मुझे बचा ले।

धनपति ने अपने पूरे जीवन में कभी भूख का सामना नहीं किया। गरीबी और भूख का एहसास आज उसके रोंगटे खड़े कर रहा था। भूख से पेट की आंतें खिंच रही थीं, प्यास से गला सूख रहा था। वह धीरे–धीरे घिसटता हुआ आसपास पानी ढूँढ़ने लगा।

तभी उसे एक टूटी हुई मटकी के टुकड़े में थोड़ा–सा पानी दिखाई दिया। वह ज़ोर से घिसटने लगा, और जल्दी से उसने वो पानी बिना देखे ही पी लिया। थोड़ी देर में उसे उल्टियाँ होने लगी। पेट में भयंकर दर्द होने लगा। उसे बेहोशी–सी आने लगी। उसका मन कह रहा था, आज थोड़ा–सा भी कुछ खाने को मिल जाता तो वो शायद उठ सकता था। तभी उसका हाथ अपनी कोट की जेब में गया। उसने वह कागज़ का टुकड़ा निकाला और फेंकने लगा, पर मन ने कहा, आखिर इसमें है क्या, देख तो लूँ। कागज में एक रोटी का टुकड़ा था, जो वह गरीब आदमी जान बचाने को भागते हुए अपने साथ बाँध लाया था और धन्यवाद के तौर पर, उसने वह धनपति की जेब में डाल दिया था। धनपति ने इधर–उधर देखा और जल्दी से वह उस रोटी के टुकड़े को चबाने लगा, पेट में थोडी–सी जान आई, वह खाई से ऊपर आने की कोशिश करने लगा।

कुछ दिनों के बाद एक अखबार में उसका इन्टरव्यू छपा, एक रोटी के टुकड़े ने उसकी जान बचाई। ईश्वर के कई रूप हैं, आज भी धनपति उस आदमी को ढूँढ़ता रहता है, जिसने धन्यवाद स्वरूप उसे रोटी का एक टुकड़ा दिया था।

❖❖❖

21

अदृश्य कोड़े

राजकुमारी रणजीता बचपन से ही बहुत क्रोधी है। उसे बात–बात पर क्रोध आता है। जब वह सात वर्ष की थी तभी अपने पिता राजा–नमेन्द्र–सिंह की देखा–देखी महल के नौकरों पर खेल ही खेल में कोड़े मारने लगती थी। जब वह चौदह साल की हुई, तब भी उसने अपनी दो सेविकाओं को छोटी–सी बात पर कोड़े मारे थे। घरवालों की एक मात्र पुत्री होने के कारण रणजीता सभी को प्राणों से प्यारी थी। जब रणजीता गुस्से में होती थी, तब वह आसानी से शांत नहीं होती थी। जब तक कि अपना पूरा गुस्सा किसी निर्दोष पर नहीं उतार लेती। बस रणजीता की एक मात्र बचपन की सहेली परमीत ही उसको आसानी से शांत कर सकती थी। परमीत की बात वह बहुत ध्यान से सुनती थी, मानों दोनों एक ही प्राण हो।

रणजीता और परमीत दोनों ही एक साथ पली–बढ़ी, कॉलेज भी दोनों ने एक साथ किया और उनका विवाह भी एक ही माह में हुआ। जब रणजीता का विवाह राजकुमार रणवीर सिंह के साथ हुआ। उसी रणवीर की बारात में आए सेनाध्याक्ष के पुत्र परमजीत सिंह को रणजीता की सहेली परमीत दिल को भा गई और उसी माह उन दोनों का विवाह हो गया।

दोनों का वैवाहिक जीवन आनंद से चल रहा था। रणजीता ने एक पुत्री को जन्म दिया और परमीत ने पुत्र को। पुत्र व पुत्री के

जन्म की ख़ुशी में रणवीर सिंह और परमजीत ने एक सामूहिक उत्संव का आयोजन रखा। बहुत से मेहमान आए, राजे–रजवाड़ों से नामी गिनामी उद्योगपति, राजनेता इत्यादि। उत्सव बहुत ही खुशहाली से गीत बाजों, नगाड़ों से चल रहा था। तभी गोलियों के गूंजने ने सभी मेहमानों का ध्यान बाँटा। किसी को कुछ मालूम नहीं पड़ रहा था कि आखिर हो क्या रहा है। तभी भीड़ में से दो लाशें गिरी, एक परमीत की और दूसरी रणवीर सिंह की। हुआ यूँ था कि परमजीत सिंह के मुंह से इतना–सा निकल गया कि भाई रणवीर, बेटे का बाप तो मैं ही हुआ ना। जब मेरा बेटा बड़ा होगा, तो तुम्हारी बेटी को दुल्हन बनाकर अपने घर लाऊँगा, मेरे लिए तो आज दोहरी खुशी है। बस इतना सुनना था कि रणवीर सिंह ने पिस्तोल तान दी, तभी परमीत दोनों के बीच, बचाव के लिए आगे आई और गोली परमीत को लग गई। परमजीत सिंह ने बिना देखे ही रणवीर सिंह पर गोली चला दी। दोनों ज़मीन पर गिरकर ढ़ेर हो गये। परमजीत सिंह अपने दो साल के पुत्र को लेकर, यह शहर छोड़कर लंदन चला गया। अपने पति और सहेली के मरने से रणजीता की मनोस्थिति बहुत ही जटिल हो गई। वह कब किस पर कोड़े बरसा दे, कब बंदूक तानकर खड़ी हो जाए, कोई कह नहीं सकता था। महल के सभी नौकर चाकर हर समय भयभीत रहने लगे। लेकिन रणजीता को ऐसी हालत में वे अकेला छोड़कर भी नहीं जा सकते।

समय बीतता गया। रणजीता की बेटी अब अट्ठारह वर्ष की हो चली है। रणजीता अपनी बेटी से कभी–कभी अपनी बचपन की सहेली परमीत के बारे में बात करती रहती है। बेटी भी अपनी माँ की इस हालत से परिचित है। वह माँ को किसी भी तरह के सदमे से दूर रखने की कोशिश करती रहती है।

अचानक एक दिन एक नौजवान रणजीता के महल में घुस आया। वह बड़े अधिकारों से पहरेदारों पर हुक्म चलाता हुआ

महल के भीतर तक चला आया। रणजीता की पुत्री इस समय कॉलेज में थी। रणजीता ने उस नौजवान की बात सुने बिना ही अपना शांत पड़ा कोड़ा उठाया और उस पर बेदर्दी से बरसाना शुरू कर दिया। चीख–चीख के महल के पहरेदारों को उसने बुलाया और उस नौजवान को बहुत पिटवाया। नौजवान कहता ही रह गया, मेरी बात तो सुनिए, मैं आपके बहुत करीब का रिश्तेदार हूँ, मैं आपके दिल का टुकड़ा हूँ। मैं आपकी प्यारी सखी परमीत का खून हूँ। लेकिन क्रोध से बावली रणजीता ने एक भी नहीं सुनी। रणजीता को बस एक ही बात पर गुस्सा आ रहा था, इस लड़के ने महल के भीतर आने की गुस्ताखी कैसे की। पहरेदारों ने नौजवान को मार–पीट के महल से धक्का देकर निकाल दिया।

एक सप्ताह बाद ही लंदन से फोन आया, महल की नौकरानी ने उठाया और रणजीता को बताया कि किसी का फोन है लंदन से और वह आपसे ही बात करना चाहते हैं। पहले तो रणजीता ने टाल दिया, हमारा कोई रिश्तेदार लंदन में नहीं रहता है। बार–बार फोन आने पर रणजीता ने बहुत गुस्से से फोन उठाया, फोन पर सामने वाले ने पूछा, क्यों साली साहिबा रणजीता जी, आपको हमारा पुत्र मनवेन्द्र इतना पसंद आ गया है कि वह अपने बूढे पिता को फोन करना भी भूल गया। हम यहाँ उसकी चिंता में परेशान हैं, आपकी पुत्री को हमारा पुत्र अच्छा लगा होगा। दोनों की जोड़ी अच्छी लगेगी। तुम्हारी सहेली परमीत की आखिरी यही इच्छा रही थी। वह चाहती थी, तुम्हारा और उसका रिश्ता सदा रहे। मनवेन्द्र के साथ मैंने परमीत और आपके बचपन से लेकर कॉलेज के सभी फोटो भी भेजे हैं। बुलाइये मनवेन्द्र को ज़रा, बच्चे से पूछ तो लें। जिस पिता ने उन्हें माँ के जैसे पाला, वह सब क्या आप से मिलते ही भूल गया।

रणजीता को काटो तो खून नहीं, उसके हाथ से फोन छूट गया। वह पागलों–सी चिल्लाने लगी। महल के सभी

पहरेदारों को हुक्म दिया, उस लड़के को ढूँढ़ो, जिसको तुमने मारा था, वह नहीं मिला तो तुम्हारी खैर नहीं। सभी पहरेदार इधर–उधर भागने लगे।

आज रणजीता को अपनी सहेली की बातें रह–रहकर याद आ रही थीं। वह हमेशा कहती थी रणजीता, क्रोध करने से पहले थोड़ा सोच लिया करो, कोड़े बरसाने से पहले ज़रा देख लिया करो। आज रणजीता को ऐसा लग रहा है जैसे–मानो उसके शरीर पर नहीं, उसकी आत्मा पर ऐसे अदृश्य कोड़े बरस रहे हैं, जिनको कोई देख नहीं सकता, जिन्हें कोई सुन नहीं सकता, जिनकी पीड़ा सिर्फ वह ही भोगती है।

❖❖❖

www.ingramcontent.com/pod-product-compliance
Lightning Source LLC
LaVergne TN
LVHW100401051026
849518LV00003B/1098

www.ingramcontent.com/pod-product-compliance
Lightning Source LLC
LaVergne TN
LVHW040800051026
849519LV00007BA/2576